雷鳴の統括者
ウルシュ
『奈落』を管理統括する魔術師犬。
レベル5000。
「にーちゃん！ 見て！ この子、見つけたの！
とっても可愛いでしょ！」
信じていた仲間達にダンジョン奥地で殺されかけたが
ギフト『無限ガチャ』で
レベル9999の仲間達を
手に入れて
元パーティーメンバーと世界に復讐&
『ざまぁ！』します！
VOL.12

「あたしはケンタウロス族国の族長の直系の孫娘、
フィネアと申します」

「ようこそ、わたくしの『巨塔』へ」
「え？」

「ま、まさかライト神様から直接、皆と一緒に温泉に入りたいなんて……ッ！」
エリーの脳内でピンク色の妄想が繰り広げられた。

信じていた仲間達にダンジョン奥地で殺されかけたが

ギフト『無限ガチャ』でレベル9999の仲間達を手に入れて元パーティーメンバーと世界に復讐&『ざまぁ！』します！

[著]明鏡シスイ

[イラスト]tef

口絵・本文イラスト　tef

■Prologue

『巨塔(きょとう)』内部にある応接間、ソファーにミヤの実兄(じっけい)エリオが一人の少女と並んで座っていた。

少女の足は馬のようになっている二本足で、身長は妹ミヤ程度で、年も同い年だが、体の発育はあまり良くないようだ。胸は小さく、手首も細い華奢(きゃしゃ)な少女だ。

しかし顔立ちは非常に整っており、一目で分かる美少女で、将来確実に美女になることが簡単に想像できる。

艶(つや)やかな髪(かみ)をツインテールに結び、少女らしく可愛(かわい)らしいリボンで結んでいる。その髪型(かみがた)は彼女(かのじょ)に非常に似合っていた。

彼女の名前はフィネア。

ケンタウロス族国の姫(ひめ)で、ライトの復讐(ふくしゅう)相手である元『種族の集い』メンバーの一人、ケンタウロス種、サントルの腹違(はらちが)いの妹だ。

そんなフィネアが大きな瞳(ひとみ)を潤(うる)ませ、両手で縋(すが)り付いてくる。

「エリオ兄、行っちゃうの？　問題が片付くまで一緒に居て欲しいんだけど……ダメ、かな？」

「…………」

彼女の懇願にエリオは即答できず黙り込んでしまう。

しばしの沈黙のあと、エリオは意を決して口を開く。

彼が選んだ選択は——。

■第一話　ケンタウロス種、フィネア

「馬っ鹿じゃない！　『巨塔の魔女』に喧嘩売るとかマジでありえないんだけど！」

ケンタウロス族国首都にある大型布テント――他国で言うなら、王城だ。

その居間でサントルの腹違いの妹、フィネアが大声をあげた。

声を上げた先にはサントル、サントル父、祖父が車座になって座り、立ち上がって叫んだフィネアを見上げる。

彼女は腹違いの兄、父親、祖父に向かって自論を叫ぶ。

「『巨塔の魔女』が今まで何をしてきたか知っているでしょ⁉　人種にもかかわらずエルフ女王国、ダークエルフ孤島国、獣人連合国、鬼島国を実力でねじ伏せているのよ！　あたし達が逆らったら簡単に潰されるって、考えればすぐに分かることじゃない！　ただでさえケンタウロス種はダンジョン派と遊牧派で対立しているのに！」

フィネアは両手で艶やかな栗毛髪をツインテールに結び、少女らしく可愛らしいリボンで結んでいる頭を両手で抱えて、悲鳴に近い声をあげた。

ダンジョン派、遊牧派とは？

まずケンタウロス族国は、東側に山があり竜人（ドラゴニュート）帝国（ていこく）、西側が川を挟（はさ）んで獣人連合国の間にある平野に存在する国家だ。

ケンタウロス族国には九九．九九％、ケンタウロス種しか存在しない。

他種がケンタウロス族国に仕事、観光でも行くことはない。

理由は……ケンタウロス族国が貧しいからだ。

基本、木々が少なく、草原が広がる。

降水量も少なく、農耕にも土が適していない。

しかしケンタウロス族国首都の中心にダンジョンがあり、その周りに布テントが点在している。このダンジョンを管理、維持（いじ）、仕切っているのがサントルの一族、族長だ。

他国でいう王である。

このダンジョンは別名、『草原のオアシス』とケンタウロス種から呼ばれている。

とはいえ、このダンジョンは他国から見てもレベルが低く、モンスターも弱い。

そんなモンスターを倒（たお）し、素材を取り外部に輸出し、外貨を稼（かせ）いでいる。

強くないモンスターのため、そこまでお金にはならないが……。

ケンタウロス族国の外貨九〇％以上を稼ぐ、生命線といえる。

サントル一族は、このダンジョンを完全管理。

富を独占し、安楽な定住生活を送っていた。

一方、ダンジョンの恩恵を受けられないケンタウロス種は、羊などの家畜を飼って、草を食べさせて育てて自分達の食料、または物々交換品にする遊牧生活をするしかなかった。

結果、ケンタウロス族国内部で激しい富の偏在が起こり、ダンジョン派vs遊牧派という内部問題が生まれる。

そんな長年の内部問題を抱えているにもかかわらず、ケンタウロス族国は『巨塔の魔女』にナイン公国会議で喧嘩を売ったのだ。

フィネアは一通りナイン公国会議の話を聞き終えた後、祖父の判断ミスに青い顔で先程のような台詞を叫んだ。

彼女は続けて、祖父達に訴える。

「今からでも遅くないから、『巨塔の魔女』にわびて頭を下げて、人種王国女王の就任に賛成を表明すべきよ！」

「いい加減にしろ、フィネア！　たかだか妾腹の娘の分際で祖父になんて口を利くつもりだ！」

「はぁぁぁ！　妾腹も何もママを孕ませて、あたしを生ませたのはパパじゃない！　そんなパパが妾腹云々とか言い出すとかありえないんですけど！」

「貴様！　父親に向かってその口の利き方はなんだ！」

「最初に喧嘩を売ってきたのはパパじゃない！」

　サントル父がその場から立ち上がり、声を荒げ出す。父の凄みに一歩も引かず、むしろ前に出る勢いでフィネアも睨み付けた。

　先程、説明した通り、ケンタウロス種には長年の派閥争いがある。

　その争いの溝を少しでも埋めるため、サントル父に遊牧派有力者の娘が第二夫人として嫁いだ。

　その第二夫人から生まれたのがサントルの妹であるフィネアだ。

　一瞬即発の空気をサントルが諌める。

「落ち着け親父、フィネアもだ。この場は喧嘩をするためではなく、祖父からナイン公国会議の話を聞くための場だろう」

　息子サントルの堂々とした態度に父の気勢は削がれたが、腹違いの妹フィネアは矛先を兄へと変える。

「ならサントル兄からも言ってよ！　今すぐ『巨塔の魔女』にわびて頭を下げてって」

「たかだか人種にオイラ達が頭を下げるわけないだろうが。第一、その魔女は調子に乗っ

て魔人(まじん)国と竜人(ドラゴニュート)帝国に喧嘩を売ったのだろう？　なら早晩、二国に潰されるのがオチに決まっている」

　サントルの見解に父親、祖父が『サントルの言う通りだ』と言わんばかりに無言で何度も頷(うなず)く。

　彼は豪快(ごうかい)に笑うと妹に声をかける。

「がっはははは！　まったくフィネアは世間知らずでめんこいな！」

「ツゥ〜〜〜！　もういい！　この石頭共！　あたし、ママの所に行くから！」

　祖父、父、兄の態度に我慢(がまん)の限界を超(こ)えたフィネアは、彼らに背を向けると布テントを出て行ってしまう。

　そんな彼女の背中を見て父親が溜息(ためいき)をついてその場に座り直し、祖父がサントルへと視線を向け口を開く。

「サントルよ……いささかフィネアを甘(あま)やかし過ぎではないか？　だから女の分際で口を挟み、父親のメンツも気にせず声を上げてしまうのだ」

「そうだぞ、サントル。オマエが甘やかすから、フィネアは調子に乗って父親である自分にあんな口を利くようになったんだぞ！」

　父が祖父の指摘(してき)に乗って、サントルを睨み付けた。

しかし、サントルは気にせず笑う。

「祖父、親父も気にしすぎだ。男なら後継者争い云々という意見も出るが、所詮、相手は子供で妾腹の女だぞ。どうせ何を言っても影響など皆無ではないか。何より女だから、将来的にはオイラ達の支持基盤を固めるため、有力な者に嫁がせる良いコマになってくれる。あの程度の跳ね返り、流すのが男の器ではないか？」

「「……………」」

サントルの意見を否定すれば、『自分の男としての器が孫や息子以下』になってしまうため、祖父と父親はそれ以上何も言えず黙り込んでしまう。

サントルが軽く咳払いをしてから話を戻す。

「それでナイン公国会議の流れは理解したが、ケンタウロス族国は竜人帝国、魔人国に習い『巨塔の魔女』と敵対するんでいいんだな？」

「うむ……」

祖父は同意するように頷く。

そして、三人はさらに議論を重ねるのだった。

☆　☆　☆

会議がおこなわれている布テント近くに、ケンタウロス種男性五人とポニーテールに髪を結び、前髪で右目を隠し眠たそうにあくびをする少女が居た。

少女の身長は一七〇㎝、腰から矢筒を下げ、弓を手にしている。ケンタウロス種だけあり、弓が得意だが、彼女の胸は身長同様に大きく、胸当ての下に窮屈そうに押し込んでいた。腰も引き締まっているせいで、一層胸が大きく見える。

布テント出入り口に立つ兵士×二人が、彼女をちらちらと横目で盗み見るほどだ。

彼女の側に居る武装した男性五人は、口にこそ出さないが『男なら目で追ってしまってもしかたないよな』と微苦笑を漏らしつつ、武士の情けとして指摘せず黙り込んでいた。

そんなケンタウロス種兵士達の間、布テント出入り口から、フィネアが出てくる。

「ウン……フィー、会議は終わった？」

「終わってないけど話にならないから出てきたのよ！」

ポニーテールの少女――パルが声をかけると、フィネアは不機嫌そうに返事をし、足も止めず進み続ける。

パルと他の男性達はフィネアの後を追う。

彼、彼女達は、遊牧派のフィネアを護衛する者達だ。

ちなみに『フィー』とは、フィネアの愛称である。

彼女達はそのまま足を止めず、布テントでできた街を抜け郊外に。

ケンタウロス族国国内は基本、草原しかない。なので布テントの街を抜けると、木の一本も生えていないどこまでも続く草原が広がっている。

彼女達はそのまま振り返りもせず、全員でフィネアの母が属する遊牧派が居る方角へと駆け出す。

ケンタウロス種だけあり、高速で移動しつつも会話をする余裕がある。

お陰でフィネアの口から直接、会議の話を聞くことができた。

「パルと事前に色々話していて、あの『巨塔の魔女』がナイン公国会議に顔を出すかもとか考えていたけど。あたし達が話し合ったなかでも最悪な選択をしてくるとか！　祖父はケンタウロス種を滅ぼしたいの!?」

彼女は駆けながら頭を抱えて愚痴った。

フィネアの愚痴に、男性護衛のリーダーであるアロが、フォローの台詞を告げる。

「あー……もしかしたら族長なりの深い思慮があったりするんじゃないかな？」

「ウン……ありえない。むしろ、呆けてきて冷静な判断ができなくなっている可能性の方が圧倒的に高い」

「パル……君は見た目に似合わず相変わらず毒舌だね……」

「そんなの昔から分かっていることじゃない。むしろ、あたし的には、遊牧派トップの族長の血縁であるアロ兄が、ダンジョン派トップの祖父を庇うような発言をする方が問題だと思うんですけど～」

彼女、彼らは、フィネアを護衛するために遊牧派トップであるスー一族から派遣されている人材だ。

特にスー族の分家のパルは、女性であるフィネアの側で護衛兼世話係兼友人枠として、幼い頃からずっと側にいる。

アロは、フィネア母の兄の子供だ。フィネアのいとこにあたる。

長兄が次期スー一族族長になることが決まっており、アロは次兄として、フィネアの男性護衛者達のリーダーを務める役目を任されていた。

そんなガチガチの遊牧派閥であるアロが、ダンジョン派閥トップの祖父を庇うような発言をしたため、フィネア、パル、一部男性護衛者達からも不満そうな視線を向けられる。

彼は疲れたように溜息をつきつつ、弁解を口にする。

「フィー……別に庇ったつもりはないよ。ただ俺は冷静に可能性の一つを口にしているだけじゃないか。それにフィー、パルも箱入りお嬢様だから実感がないかもだけど、俺は

『巨塔の魔女』より魔人国と竜人帝国を敵に回す方が恐ろしいね。だから、そういう意味で族長の判断もあながち間違いではないと思ってしまうんだよ」

　アロの言葉に外を知る男性護衛者達は、無言で同意してしまう。

『草原のオアシス』と呼ばれるケンタウロス族国唯一のダンジョンで得たモンスターの素材は、獣人連合国の港街へと持ち込まれる。売り払われた素材は、その港街から各国へと船で運ばれていく。

　当然、獣人連合国港街まで、ケンタウロス種が荷物を運ばなければならない。その際、港街だけあり魔人種や竜人種と顔を合わせることも少なくなかった。また国外に出れば、魔人国と竜人帝国の強国っぷりを嫌でも耳にする。

　外を知るケンタウロス種男性達からすれば、ぽっと出の『巨塔の魔女』より、魔人国と竜人帝国を恐れてしまうのだ。

　フィネアは反論する。

「そして魔女に喧嘩を売って反感を買った挙げ句に、『一族郎党皆殺し』になるなんてあたしは嫌よ！　だいたい、いくら魔人国と竜人帝国が凄くたって、この短期間にエルフ女王国、ダークエルフ孤島国、獣人連合国、鬼島国を実力でねじ伏せるとか無理じゃない！　勢い的にどう考えても『巨塔の魔女』に付く方がいいに決まっているでしょ」

『…………』

フェネアの指摘にアロを含めた男性陣が黙り込む。

実際、いくら魔人国と竜人帝国が強国でも彼女の指摘通り、この短期間で四国を落とすなど不可能だ。もし可能ならとっくの昔におこなっている。

そんな沈黙にパルが新たな爆弾を投下する。

「ウン……もしくはフィーを旗印に、クーデター。血筋的にも問題なし。なんだかんだ言って、サントルより、フィーの方が強いから、下も付いてくる」

「それは却下したはずでしょ。クーデターなんておこしたら遊牧派とダンジョン派の争いになって両方からどれだけ死者が出るか……。第一、性格的に族長なんて無理だし！　あたしはかっこいいイケメンと結婚してのんびり生活する方がいいし！　てか、か弱い乙女に向かってサントル兄より強いって何よ！」

「ウン……事実を指摘したまで。素手の戦いなら、腕力に勝るフィーが有利。高レベルオーク並」

「誰がオークよ！　あたし、ケンタウロス族国のお姫様なんですけど！」

フィネアは、化粧やアクセサリーなど自身を飾ることが好きで、筋トレなど一切していない。にもかかわらず同い年で身長もパルの方が高く護衛として鍛えているのに、フィネアの方が腕力は強いのだ。

パルの指摘通り、もし一対一、素手のサントルとフィネアが戦ったら、彼女が勝利する確率が高い。

またケンタウロス種の気風として『上は強くて当然、弱ければ上として認められない』というのもある。

集団で狩り(か)をする故の気風と言えるだろう。

親友で護衛者パルの指摘に怒(おこ)っていたフィネアは、気持ちを切り替(か)え今後の方針を口にする。

「とにかく、クーデターは却下よ却下。でも手をこまねいて『巨塔の魔女』と敵対するのも嫌。だから、事前に話をしていた通り、『あたしが直接、魔女に会って話をつける』作戦を実行するわよ」

「フィー？　俺は事前に話し合いに参加もしてないし、その作戦も初めて聞いたんだけど……」

彼女の護衛リーダーでいとこのアロが声をあげた。

フィネアとパルが得意気に笑う。

「知らなくて当然よ。情報漏洩(ろうえい)を防ぐため、この作戦はパルと二人だけでしか話をしなかったんだから」

「ウン……情報漏洩を防ぐため、フィーとパルだけで話し合った。パル達だけなら、男性が入れない場所で内密の話もできるから」

　パルはフィネアの護衛に加えて世話係も兼任している。

　ケンタウロス族国の住居は基本、布テントだ。

　普通の場所ならばどこで誰が耳を澄ましているのか分からないが……たとえば、男性陣が絶対に入れない、近づけない場所――お風呂（蒸し風呂）に二人で入って、作戦会議をすれば決して外部に情報が漏れることはない。

「パルと色々話をしたんだけど、これが一番手っ取り早いかなって」

「ウン……フィーは腹違いとはいえケンタウロス族国の姫。直接会えば『巨塔の魔女』も無下にはできない。そして、最終的にバックについてもらって、人種王国のお姫様のように、国家簒奪の手伝いをしてもらう」

「人種王国のお姫様のように、あたし自身が族長になるつもりはないけどね。『巨塔の魔女』の力を借りて、長年、遊牧派が訴えていた獣人連合国のような『族長会議体制』にするつもりよ！　これで祖父達のダンジョン独占を止めることができるわ！」

『おおぉ！』

アロ以外の護衛男性陣が、期待と驚きの声を上げた。

アロは移動の疲労とは違う冷や汗を流す。

「ま、まさか族長達との会議を抜け出して、遊牧地に向かっているのも……」

「そうよ、あたし達が『巨塔の魔女』と接触し、話し合う時間を稼ぐための偽装よ」

フィネアは悪戯が成功したような得意気な笑みを作った。

彼女はケンタウロス族国首都から、実母がいる遊牧派の最大派閥、スー一族の下へと遊びに行くと言って、数日、長い時は一ヶ月以上、出かけることもあった。

サントル達も彼女が『実母に会うため』ということで、特に咎めず自由にさせていた。

今回はその隙を利用し、フィネアとパルの二人だけで『巨塔の魔女』に直談判しに行こうというのだ。

「今晩は野営して、翌朝、まず国境を越えるわ。噂によれば、最近『巨塔街』の出入りは以前以上に厳しくなっているらしいから、確実に『巨塔の魔女』と接触するため、まずは人種王国を目指して、そこのお姫様から『巨塔の魔女』への紹介状をもらうの。そして、『巨塔街』を目指すのよ」

「ウン……我ながら完璧な作戦」

「「いえぃ！」」

フィネアとパルは自画自賛し、互いに併走しハイタッチ。

二人の作戦内容を初めて聞いたアロは、両手で頭を抱えてしまう。

「どうしたのアロ兄？　頭でも痛いの？」

「ウン……ちょっと休憩する？」

「頭が痛い訳じゃないよ。二人のずさんな無鉄砲さに頭を抱えているんだよ……」

アロは改めて二人を見つめると、指摘する。

「作戦内容は分かったけど、無謀過ぎる。国から出たこともない田舎者二人だけで、人種王国や『巨塔街』に行くなんて。どう考えても途中で悪い奴らに騙されて資金を失って、下手をすれば誘拐されて奴隷落ちするぞ……」

「田舎者って、あたし達、都会育ち（ケンタウロス種基準）なんですけど。騙されて資金を巻き上げられて、奴隷落ちとか心配し過ぎよ」

「ウン……それにパル達は野営に慣れている。人種王国、『巨塔街』がどこにあるかも知っている。ケンタウロス種の足があれば、移動は難しくない」

「そんな認識の時点で語るに落ちているんだよな……」

アロは子供達が無知で計画した弾丸旅行の内容を聞かされたような顔で再び頭を抱えた。

暫し考え込んだ後、彼は結論を出す。

「……分かった、俺も二人について行くよ」

「え！　アロ兄には、むしろママにあたし達の計画を伝えて欲しいんだけど」

「ウン……どれぐらい時間がかかるか分からないから、その間のサントル達への誤魔化し、時間稼ぎ工作をお願いしたい」

「そんな無謀な計画を聞いて、二人を見送った方が護衛隊長として問題だよ。上への報告も、時間稼ぎ工作も他に任せればいい。絶対に俺はついて行くから」

「アロ兄って過保護だよね」

「ウン……ちょっと気持ち悪い」

「こ、この馬鹿妹達……ッ。外の世界を知らないから、そんなのんきな台詞が言えるんだよ！」

妹分達からの辛辣な言葉に歯がみしつつ、アロは自分も絶対に着いていく主張を譲らなかった。

こうして、フィネア、パル、アロのケンタウロス種の未来を駆けた旅が始まろうとしていた。

☆　☆　☆

その日の夜。

草原の真ん中でフィネア達が野営をする。

二人ずつ交替で夜番の見張りをしつつ、他の者達は眠りについていた。

暗雲が月にかかった夜空の下で、アロと護衛者の一人が、夜番を務める。

アロはフィネア達には絶対に見せない冷たい顔で、部下の護衛者に耳打ちする。

「遊牧地に到着したらすぐに仲間達に連絡して、サントル様にこのことを伝えろ。俺が二人について、道中に目印を残す。それを辿って、手勢を連れて彼女達を連れ戻しにこい」

「畏まりました」

アロの暗躍は月の光すら届かない暗闇でおこなわれるのだった。

■第二話　初めての国外

――ライトが魔人国と対峙し、魔人種ディアブロへの復讐を計画している頃。

「サントルの妹が、初めてケンタウロス族国から出た？」


『奈落』最下層、執務室。

アオユキが顔を出し、書類を提出してきた。

その書類に軽く眼を通すと……今までずっとケンタウロス族国、妹姫フィネアが少数の供しか連れず、初めて国外に出たという内容が書かれていた。

「――是。彼女達の目的は不明。しかし、主の元パーティーメンバー『種族の集い』の一人、サントルの腹違いの妹。捕らえて、復讐の足がかりにしますか？」

「確かにサントルは腹違いとはいえ、妹を可愛がっていたけど……」

口ごもりながら書類をぱらぱらと読み進めた。

（ケンタウロス族国は内部でダンジョン派、遊牧派に分かれて睨み合っている。過去、二つの派閥の融和を図るため、遊牧派最大の一族からサントル父に第二夫人が嫁ぎ、サントルとは腹違いの妹姫フィネアが産まれた。だが、未だにダンジョン派が富を独占しており、融和は図れていない）

書類を読み進める。

（今回、妹姫フィネアが初めて国外に出たのも、その現状を打開するために動いているものと予想される、か……）

そこにはフィネアの目的の予想がいくつか書かれていた。

予想内容も妥当なものだ。

アオユキが視線を猫耳フードで切りながら告げる。

「――主がお望みなら、すぐにでも接触いたしますが」

「……彼女と接触して目的を聞き出せば、サントルへの復讐の足がかりになりそうだけど……。今は魔人国、ディアブロへの復讐に集中している。下手に分散してディアブロ、サントルへの復讐が中途半端になっても困るし、あちらから接触してくるまで放置でいいよ。第一、本当にダンジョン派を引きずり落とすため国外に出たかどうかも不明だし。もしかしたら人生経験を積むため、お忍びで国外旅行をしているだけかもしれないしね」

「にゃー！」

最初は軽い監視(かんし)を付けることも考えたが。

(さすがにこちらにかかわる気があるかどうか分からない女性に監視をつけるのは、ちょっとな……)

気が引けるため、監視を付ける気にはならなかった。

そして後日、メイ達、メラが戻り衝撃(しょうげき)の事実、兄エルス発見の報を聞いて、ケンタウロス族国の姫フィネアのことは僕(ぼく)の頭から消えたのだった。

☆　☆　☆

「ウン……木より高い石積みの壁(かべ)?」

「こ、こんな巨大(きょだい)建造物がこの世界にあるなんて……ッ!」

『ケンタウロス族国の姫であるフィネアが、「巨塔の魔女」に直接会って話をつける』作戦から数日後。

フィネア、パル、アロは、予定通りケンタウロス族国で一度野営。

翌朝、川にある国境を越えて人種(ヒューマン)王国入りした。

そして、フィネアとパルは初めて国外に出て他国の文化に絶句してしまう。

「やっぱり俺がついてきて正解じゃないか……」

アロは二人の絶句する反応を前に、呆れたような溜息を漏らす。

ケンタウロス族国は草原がどこまでも広がっており、建物も基本布テントだ。なので木より高い建物は存在しない。

なので初めて国外に出たフィネアとパルは、煉瓦を積み上げた人種王国の町の防壁を目にして心底驚愕していたのだ。

自分達とは逆に冷静な……むしろ、彼女達の態度を前に呆れているアロに、フィネアは指摘する。

「あ、アロ兄はどうして、そんな冷静でいられるのよ。こんな凄い人工物が目の前にあるのに！」

「俺は昔から、羊毛やダンジョン産マジックアイテムなんかを獣人連合国に売りに行く護衛仕事で外に出ているから。見慣れているんだよ、今更驚くことじゃないさ」

輸出物の護衛は、遊牧派の貴重な現金収入の場だ。

それでも現金が足りず、遊牧派は物々交換でケンタウロス族国中央にある店で商品を得ている。

国内の格差があまりに酷(ひど)すぎて、遊牧派、ダンジョン派、と分かれてしまうのは必然といえるだろう。

「むしろ、この町の防壁程度でそこまで驚くなんて……。本当に俺がついてきてよかった。自分で自分の英断を褒(ほ)めたいよ」

「もしかしてあたし達、馬鹿にされている？」

「ウン……完全に田舎者扱(いなかものあつか)い」

「……そんな訳ないだろう。さっ、いつまでもこんな所に立っていないで、中に入ろう。旅をするための準備もしなくちゃいけないんだから」

少女×二人から、苛立(いらだ)った視線を向けられたアロは、目を逸(そ)らしつつ促(うなが)し、町の出入り口へ向けて歩き出す。

二人は疑いの目を向けつつも、彼の後に続いて歩き出したのだった。

☆　☆　☆

人種王国の町に入って最初に向かったのは冒険者(ぼうけんしゃ)ギルドだ。

そこでダンジョンで得た魔石(ませき)を換金(かんきん)して現金を得る。

現金を得たら、宿を取った。

今日はこの町で旅の準備を終わらせて、翌日、本格的に出発する予定だ。

三人で市場に出ると、フィネアとパルが興味深そうに周囲を見回す。

「お店がいっぱいね。木より高い石の壁には驚いたけど、この感じは、首都の雰囲気(ふんいき)に近いわね」

「ウン……お店の数と、品物の種類は負けるけど」

ケンタウロス族国の首都、ダンジョン周りにも建物がテントの店が何軒(なんけん)も並んでいる。

逆に言えば、人種王国の町の露店(ろてん)と、ケンタウロス族国の首都の店がほぼ同レベルだということだ。

人種王国の町と、一国家の首都とだ。それだけでケンタウロス族国の貧しさが窺(うかが)える。

「二人とも、きょろきょろしてはぐれるなよ」

「てか、アロ兄。別に旅用品なんて買う必要ある?」

「ウン……パル達しっかりと準備している」

「ケンタウロス族国ならそれで問題ない。けど、国外だとまた違うんだよ」

アロは軽く溜息をつきつつ、二人の先頭を歩く。

向かった先は露店ではなく、旅用品を販売(はんばい)している店舗(てんぽ)だ。

彼は迷わず店へと入る。

フィネアとパルは宿屋と合わせて二回目の店舗入店にやや戸惑いつつも、後へと続く。

既に中に入っているアロが亭主へと注文を口にする。

「オヤジ、保存食を三人分。旅用の厚手のマント、鞄、それから――」

ケンタウロス族国国内は基本、平原しかない。

天気も晴れで、雨はあまり降らないため、節水を強いられる。

フィネア達は平原の移動の仕方なら熟知しているが、国外には森があり、川、湖、雨も降り、道も荒れている。

アロが旅の準備をしている最中、フィネアとパルは店内を見回す。

フィネア達はケンタウロス族国を想定しているようだが、甘いと言わざるを得ない。

「壁一面に商品があるなんて……」

「ウン……しかも、旅慣れしているパル達にも分からない商品が多い。人種は他種から差別されている貧しい国だと聞いたのに……」

「正直、ケンタウロス族国の方が貧乏なんじゃ……。てか、あたし達って九種の中で一番経済力が下じゃない？」

二人は現実を目の辺りにして言葉を失う。

他種に差別され、搾取されていた人種王国と比べても、ケンタウロス族国は貧しい。

貧し過ぎて、ケンタウロス族国に人種奴隷などほぼいないレベルだ。

ダンジョン派のトップ――サントル達、ホー族が数人奴隷として扱っている程度だ。

理由も他種、とくにケンタウロス種がライバル視している、獣人連合国が多数の人種奴隷を囲っている。なので見栄のため、無理をして購入したのだ。

無理をして購入したため、粗末に扱えず他種国家に比べるとまだマシな扱いをしている。

フィネアは、当然、人種奴隷を目にしている。しかし、人種奴隷は基本サントル達の世話をしているのと、フィネアは母親がいる遊牧地によく遊びに行っているため接点がないのだ。


――話を戻す。

買い物を終えたアロが、微妙に肩を落とす二人に気づき声をかける。

「どうしたんだ？　二人とも、そんなに落ち込んで」

「だ、大丈夫……ちょっと目の前の現実に打ちひしがれただけだから……」

「ウン……これ以上、国家を衰退させないためにも、『巨塔の魔女』に絶対に会うべき」

「そ、そうね！　そして、獣人連合国のような『族長会議体制』に移行して、まずは彼らレベルの豊かさを得るのよ！」

フィネアとパルは落ち込んでいた気持ちを無理矢理にでも奮い立たせて、『巨塔の魔女』に会い、自分達のバックについてもらえるよう決意を新たにした。

——買い物を終えて、宿屋に一泊。翌朝、三人は旅衣装で荷物を入れる細長い旅行鞄を背負い、町の門を出る。

向かう先は、人種王国の首都だ。

☆　☆　☆

『旅は順調か？』と問われたら、『初めての国外移動の割にはマシ』と言えるだろう。

慣れない街道を走り、途中で大雨に見舞われた。

滅多に降らない雨の下、雨合羽も兼ねた重い旅マントを頭から被り、雨宿りできる場所まで駆けた。

大きな木の下で、焚き火をするスペースもないため、震えながら夜を明かしたりもした。

翌朝、雨が止み、焚き火をたいて暖を取り、人種王国の首都を目指し出発。ぬかるんだ街道に足を取られて、転びそうにもなった。

フィネアとパルは二人とも自国とはまったく違う環境に戸惑い、肉体、精神的にも疲労が蓄積する。

とはいえ、彼女達は広大な草原を駆けるのが日常なケンタウロス種遊牧派だ。

数日もすれば体も慣れ、ペースを掴む。

また途中で宿泊する街のお陰で、フィネアとパルは旅の途中でダウンすることもなかった。

お陰でケンタウロス族国を出発して、十数日で人種王国首都に近い街へと辿り着く。

遅くてもあと数日で、人種王国首都に辿り着く計算だ。

時間は昼過ぎ。宿を取り、宿泊する。

「あぁ～ようやく人種王国首都に着く～。最初はあたし達だけでも余裕って思っていたけど、アロ兄が居なきゃ、絶対に無理だったわ」

「ウン……フィーの意見に同意」

宿屋に入ると、荷物を置き、お湯を頼む。

最初に届けられたお湯を使い、パルがフィネアの汗を流す手伝いをした。

二人はお湯に濡れないように衣服を脱ぎ、パルがフィネアの背中をお湯に浸したタオルで拭う。

フィネアが気持ちよさそうな声をあげつつ、旅の感想を漏らす。

「最初に見た人種の町の露天はケンタウロス族国にある店達とほぼ同じぐらいだったけど……。大きな街だと全然比べものにならないわ。むしろ『同じ世界の国？』って疑うレベルなんだけど。ケンタウロス族国、貧乏過ぎ……」

「ウン……分かる。まさに異世界」

「アロ兄が言う竜人帝国とか、魔人国ってこの国より圧倒的に凄いんでしょ？　そりゃ祖父達も及び腰になって、流されるわ」

「ウン……けど、『巨塔の魔女』はエルフ女王国、ダークエルフ孤島国、鬼島国、獣人連合国を陥落させている。『巨塔の魔女』の方がヤバい」

「そうよね。本当にどうして祖父達はそんなことも分からないのかしら――キャッ！」

会話をしながら体を洗い終わり、脇の下などをタオルで拭われていたフィネアが悲鳴を上げた。

閉めていた宿屋の鎧戸が勝手に開いてしまったのだ。

どうやら鍵が壊れて、勝手に開いてしまったらしい。突然、鎧戸が開いたことでフィネアが驚き、羞恥心から悲鳴を上げた。

旅の途中で無駄遣いできないため、高級宿には泊まることはできない。なので安宿に宿泊することが多かった。今回もあまり高い宿とはいえない。

運悪く鎧戸の鍵が壊れて、開くこともあるだろう。

フィネアは小さな胸を両手で隠しつつ、窓に向けて背を向けた。

そんな彼女にパルがフォローを口にする。

「ウン……大丈夫。ここは三階で覗き見ようとしている輩もいないから」

「だからって気分の良いものではないでしょ。パル、紐か何かで鎧戸を閉め直してちょうだい」

「ン」

フィネアの指示にパルが短く返答すると、彼女は荷物から紐を取り出し、鎧戸へと近づく。近づく際は、フィネアとは比べものにならないほど大きい胸を片腕で隠しつつ、開いた鎧戸にもう片方の腕を伸ばす。

外から見たら、巨乳美少女の半裸を拝める好機だが、路地裏のためパルのあられもない姿を目にする者はいない。

むしろ、彼女達は幸運を目にする。

「？　――――ッ!?」

「？　パル、どうしたの？」

背後で親友兼護衛、世話人であるパルが息を呑むのにフィネアは気づく。

普段眠たそうな反応の鈍い彼女には珍しい態度に、フィネアは思わず背中越しに振り返り問いかけた。

「…………」

パルはすぐには返答せず、鎧戸を紐で縛り固定した後、自分自身の中で吟味。

室内にランタンが照らしている影が落ちる。

パルは確信を持って口を開く。

「……鎧戸を閉める際、路地裏を歩くアロを見た。彼が行く先にケンタウロス種が四人いた。その顔に見覚えがある。サントルの部下。アロはそいつらと合流し、奥へと消えた。アロは――裏切り者」

「ッゥ!?　いやいやいや！　見間違いでしょ!?　だってアロ兄はあたしのいとこ！　遊牧派トップの次男！　裏切りとかありえないでしょ！　パルの見間違いだって！」

「ウン……フィー、落ち着いて」

パルが床に膝を突き、フィネアと視線を合わせる。

彼女は親友兼世話人ではなく、護衛者として口を開く。

「……最悪を想定して。アロが裏切っていると考えて動くべき」

「…………」

「……運が良いのはサントル達側にまだフィーを殺す意思がないこと。もし殺すつもりなら、アロがこの旅の途中で殺害すればいいだけ。恐らく、連れ戻すためにどういう手段かは分からないけど、サントルの部下達を呼び寄せた」

「…………」

「……そして、ここでフィーがアロ達に捕まってケンタウロス族国に連れ戻されたら、二度と国から出ることはできなくなる。二度と『巨塔の魔女』に会えなくなる。だからフィーがここで捕まるわけにはいかない。なんとかして人種王国首都に辿り着いて、リリス女王と接触。『巨塔の魔女』と接触しなければならない」

「パル……あんた何をするつもり？」

パルは基本、眠そうな表情のため、他者からすると感情の変化が分かり辛い。

しかしフィネアは子供の頃からの付き合いである親友だ。

一目で彼女が覚悟を決めているのを理解した。

パルが口を開く。

「ウン……この場を抜け出す策がある。聞いて」

「…………」

フィネアは小さく頷き、親友兼護衛者でもあるパルの台詞を待つ。

彼女がこの場から脱出するための作戦を説明した。

その内容にフィネアは激怒する。

「ふ、ふざけないで！　そんなことできる訳ないでしょうが！」

「ウン……でも、それしか方法はない。それにもしフィーがこの場で捕まって連れ戻されて、『巨塔の魔女』と出会えなかったら……。将来、魔女の勘気に触れてダンジョン派が滅ぼされるだけならまだマシ。最悪、ケンタウロス種そのものが魔女によって地上から消される」

「ッ……！」

『巨塔の魔女』の評判を聞く限り、パルの指摘は間違っていない。

『獣人種大討伐』がその証拠だ。

『巨塔の魔女』の勘気に触れたら、虫を潰すがごとく軽く皆殺しにされてしまう。

フィネアは歯がみした。反論を口にしようとするが……言葉が出てこない。

頭の中の冷静な部分が『パルの出した方法しか道は残されていない』と告げていた。

数秒後——フィネアが覚悟を決めた表情でパルと向き合う。

「これだけは約束して……死なないで、諦めないで。絶対に『巨塔の魔女』と会って助けう。

同い年だがパルの方が大きいため、親子のようにフィネアを抱きしめる形になってしまう。

二人は互いに抱(だ)きしめ合う。

「ウン……約束する」

に行くから」

「ウン……ちなみに拒否権(きょひけん)はない」

「ちょっと協力して欲(ほ)しいことがあるの」

胸を手で隠(かく)しつつ、彼女の個人資産である宝石を差し出しつつ宿屋少女へと告げる。

フィネアが少女を呼び止めた。

「はい？」

「ちょっといい」

「お湯は床に置いていてもいいですか？」

そして、少女を部屋へと招き入れた。

二人が体を離(はな)し狙(ねら)い通りだと頷き合う。

『追加のお湯をお持ちしました』と宿屋の娘(むすめ)が声をかけてきたのだ。

二人が抱き合っていると、扉(とびら)がノックされる。

「えぇぇ⁉」

パルも宿屋少女に顔を寄せ断言したのだった。

☆　☆　☆

「サントル様はなんと言っていた？」

「アロさんには感謝していましたよ。ただ今回のフィネア様の行動にはさすがに腹を立てて、ケンタウロス族国に戻り次第（しだい）、有力者へ嫁（とつ）がせて身を固めさせるとのことです。祖父（族長）、サントル父（副族長）もこの意見に賛成しています」

「だろうな……。下手に殺したら遊牧派が激発して、内戦になりかねないからな。元々、そんな選択肢（せんたくし）はないけど」

アロは処遇（しょぐう）を聞かされて、軽く肩をすくめた。

彼にとってフィネアは、父の妹の娘、つまりいとこである。いとこを裏切り、敵対しているダンジョン派に売り払っているにもかかわらず後ろめたさは一切ない。

「またサントル様は、今回、アロさんの活躍（かつやく）を賞賛していらっしゃいました。自分達も目印や伝言を残してくださったお陰（かげ）で後を追うのが非常に楽でしたよ」

アロは旅の移動中、後を追ってくるサントル部下達に伝言を残したり、宿屋に泊まった際は、彼らだけが分かる目印を飾ったりしていた。

今回、その目印のお陰で追いついたサントル部下達と合流することに成功したのである。

「そうかそうか！　サントル様は喜んでくださっていたのか！　追跡を楽にした俺の功績も国に戻ったらしっかりと報告してくれよ！」

「分かっています。ですが、将来的に自分達のことを忘れないで頂けるとありがたいです」

「もちろんだ！」

フィネアを裏切ることより、サントルが喜んでいたという情報にアロは破顔した。

彼の関心が、彼女にないのが一目瞭然と言えるだろう。

「宿屋の包囲を終えました。いつでも乗り込めます」

「よし、なら三人はついてこい」

アロが宿屋路地裏の陰で身を潜めつつサントル部下との話し合いをしていると、他の部下から包囲網が完成したことを告げられた。

彼は報告を聞くとすぐに指示を出す。

アロの指示に従い実践経験豊富、筋骨隆々のケンタウロス種×三人が弓、鉈、縄を手に彼の後へと続く。

フィネアはともかく、パルは護衛を任されるだけあり年齢の割に腕が立つ。だが、彼らなら問題なく制圧できるだろう。

彼らは路地裏から、宿屋の表へと移動。

正面から宿屋へと入り、二人が居る部屋へと向かう。アロがノックして、警戒心のないまま扉を開けさせ、取り押さえる予定だ。

（二人には運悪く、サントル様の部下達に追いつかれたと言い訳すればいい。所詮、世間知らずのガキ二匹。いくらでも丸め込める）

アロとしてはまだ自分がフィネア達や遊牧派を裏切り、サントル達ダンジョン派に肩入れしていることを暴露するつもりはない。

そのための言い訳もすでに考え済みだった。

「お母さん、お友達と一緒に遊びに行ってくるね」

「…………」

宿屋の一人娘が、彼女と似た背格好の頭をスカーフで巻いた少女らしき人物と手を繋ぎ、母親に声をかけつつ正面玄関を目指す。

彼女は母親の返事も聞かず、『お友達』と一緒に店の外へと移動する。

アロは宿屋少女とスカーフを頭から被りうつむいた少女と出入り口ですれ違う。体格の割に履いている靴が大きい気がした。

彼は一瞬、すれ違ったスカーフの少女が気になったが……。

「アロさん？」

「いや、なんでもない。行くぞ。フィネア達は三階の一番奥の部屋だ」

「うっす」

少女達とすれ違うと武装したアロ達、ケンタウロス種達がどかどかと宿屋へ遠慮なく足を踏み入れてくる。

一階は酒場兼食堂になっており、テーブルやカウンターに居る客達が『何事だ？』と無遠慮に視線を向けてくるが、アロ達は一切気にしない。

さすがに宿屋の主と母親も、アロ達の存在に気づく。

厨房で料理をしていた宿屋主が出てきて、声をあげる。

「ちょ、ちょっと待ってくれ！　何をするつもりなんだ！」

「黙っていろ、ヒューマンが」

アロ達は彼らの制止を鼻で笑うと、どかどかと無遠慮に階段を上がって行く。

三階、一番奥の部屋に辿り着く。

アロが代表してノックし、声をかける。

「フィー、パル、体は拭き終わったかい？　ちょっと話があるんだけど」

アロはいつもの調子で、声をかけた。

背後のケンタウロス種×三人はいつでも飛びかかれるように準備する。

……しかし、反応がない。

部屋の内部でごそごそ動く気配はある。

アロが訝しがり、再度ノック、声をかける。

「フィー、パル、まだ体を拭いているのかい？」

だが、返答はない。

むしろ、慌てた様子で動く物音が響く。同じように慌てて鎧戸の鍵を外すような音が微かに聞こえてきた。

アロの直感が告げる。

彼女達に自分の裏切りがなぜかバレていて、二人を捕らえるためサントル部下達を連れてきたことを知られている！

彼はすぐさま指示を出す。

「扉を破壊して乗り込め！　逃げられるぞ！」

「はっ！」

鉈を手に持ったケンタウロス種の男が脇に避けたアロに代わって前に出ると、一切のためらいもなく鉈を木製扉に振り下ろす。

「お、おい！　うちの宿に何をするんだ！」

「うるさい！　黙ってろ、ヒューマンが！」

遠くから盗み見ている宿屋主と母親が抗議の声をあげてくるが、アロは罵倒で返す。

ケンタウロス種の男が三度鉈を振り下ろし、完全に木製扉を破壊した。

『!?』

アロ達が破壊した扉を除けて、内部を覗き見ると――今まさに三階の鎧扉から飛び降り逃げようとしているパルの姿を捉える。

彼女は旅マントに身を包んだものを抱きしめていた。

パルの方が身長は高いため、まるで母親が子供を抱きかかえるような形になってしまう。

また、その旅マントは今回の旅行でずっとフィネアが使用していたものだ。同行していたアロが見間違えるはずがない。

彼は思わず叫ぶ。

「フィーを連れて逃げる気か!?　パルの足を狙え！」

「はっ！」

アロが指示を飛ばすと、弓を手にしていたケンタウロス種が矢を番え放つ。しかし、パルは一瞬早く鎧戸から飛び出し、向かいの建物の屋根へと飛び移り駆け出す。

アロ達が慌てて鎧戸に駆け寄るがもう遅い！

「ぐぅ〜〜〜！　パルはフィーを抱きかかえて、屋根を伝って逃げているぞ！　追え！逃がすな！」

アロは悔しがるのも束の間、宿屋裏を固めていたケンタウロス種へ叫ぶように指示を出す。この指示に裏を固めていたケンタウロス種達は、慌てて見上げながら、パルの逃げる音を頼りに追いかけて行く。

残されたアロは立て続けに指示を出す。

「俺達も行くぞ！　この街から絶対に出すな！　街から出さなければ土地勘のないあいつらを追い詰めるのは容易い！」

『了解しました！』

バタバタとケンタウロス種達が駆け出す。

宿屋主が、アロへと抗議の声をあげる。

「お、おい！　あんた、扉を壊した弁償をしてくれ！」

「黙れ！　ヒューマン風情が！　殺されたいのか！」

アロは余裕のない態度で宿屋主を脅すと、急ぎパル達の後を追いかけたのだった。

☆　☆　☆

人種王国の街をケンタウロス種男性達が駆け巡る。

彼らが追いかけているのは同種の少女——パルだ。

彼女は宿屋から飛び降り屋根を伝って移動。途中、路地裏に降りて、地面を駆けた。

屋根を移動していると、足の速い男性達に追いつかれるためだ。

路地裏は入り組んでいるため、速力はあまり関係なくなる。

薄暗い路地裏に積まれた荷物などにぶつかり、飛び散らせながらパルは走り続けた。

しかし、多勢に無勢で徐々に包囲網が縮まっていく。

約三〇分後——行き先を誘導されたパルが、待ち伏せしていたケンタウロス種男性から矢で狙撃を受けた。

「……ッゥ！」

殺害が目的ではない。

あくまでパルの動きを止めるためなので、足に矢が刺さる。

矢を受けた彼女は、それでも両腕に抱きしめているものを手放さず、苦痛を噛みしめ、逃げるため足を引きずりながらも移動を続けた。

地面に足から流れ出る血が、転々とシミを作る。

足に矢を受けているため当然速度は出ず、戦闘経験豊富なケンタウロス種男性達から追い立てられ、彼女は行き止まりへと追い込まれてしまった。

「……ッ！」

自身がいつの間にか追い詰められていたことに、パルは小さく舌打ち。

力を振り絞り、ジャンプして壁になっている建物に飛び乗ろうとするが、

「――足を狙え！　フィーには当てるなよ！」

アロの指示で、追いついたケンタウロス種男性が矢を放つ！

パルが屈んで飛び上がろうとしたタイミングで矢が深々と刺さり、ジャンプを妨害。

そのせいで派手に地面へと倒れてしまう。

結果、彼女の腕からフィネアが滑り落ち、地面へと落ちる。

『!?』

地面に落ちたフィネアを目にしたアロ達が、驚きの表情を作り出した。

パルが大切そうに抱きかかえていたのは、長い旅袋にフィネアのマントと衣服を着せた

偽者(にせもの)だったからだ。

「フィーじゃない⁉　……まさか自分自身を陽動に、別の出口から逃がしたのか⁉」

「ウン……だいたい正解。上手(うま)く引っかかってくれて助かった。あまりに必死に追いかけてきてくれるから、途中で笑い出しそうになるのを堪(た)える方が大変だった」

「こ、このガキが……ッ！」

一杯(いっぱい)食わされたアロ達は、パルの台詞に顔を真っ赤にして睨(にら)み付けた。

彼女は彼らの反応を小馬鹿にした笑いを浮(う)かべつつ、上半身を起こし、腰(こし)からナイフを取り出して構える。

フィネア偽者(にせもの)計画はバレたが、さらに時間を稼(かせ)ぐため最後まで抗(あらが)うつもりなのだ。

足を射貫(いぬ)かれ、血を流しながらもナイフを構えるパルを見て、アロは激怒した感情を抑(おさ)え込みつつ交渉(こうしょう)を持ちかける。

「まさかオマエ達のような世間知らずのガキに一杯食わされるとは……。フィーはどこにいる？　逃げ切った場合、落ち合う場所を決めているんだろ？」

「アロ……どうして遊牧派を裏切った。フィーのいとこでしょ」

パルは彼の質問に一切反応せず、疑問を問う。

アロは片腕を上げてサントル部下達を待機させると、一人無造作に歩き近づいて行く。

「父親が遊牧派トップの一族ってだけで、どうして俺が盲目的に従わないといけないんだ？　俺がいくら努力しても、『最初に生まれた男子』というだけで兄貴がトップに立つ。クソ貧乏派閥に忠誠を捧げ続けないといけない義理が、どこにあるんだ⁉　だったら、もっと俺を高く評価してくれる、金のある方につくのが道理だろ。違うか？」

「ウン……なるほど、金と地位のため、サントルに尻を振ったってこと」

「サントル様は俺を高く評価してくださっている！　あの方が族長になったら、俺を右腕にしてくれると約束してくださっているんだ！　ダンジョン派トップの右腕になれば金、地位、女！　全てを手に入れることができる！　貧乏な遊牧派トップに立つより圧倒的にそっちの方が賢いだろ！」

アロの発言に彼の背後で、サントルの部下達がニヤニヤと笑い同意するような態度をとった。

アロは足を止めると、パルを勧誘する。

「パル、オマエもダンジョン派に来ないか？　パルがこちら側に来れば、逃げたフィーを簡単に捕らえることができるからな。金、貴金属、綺麗な衣服、美味い料理……望めば何でも手に入れることができるぞ？」

「…………」

「なんなら将来、サントル様の右腕になる俺の嫁にしてやってもいいぞ。昔から、オマエのことは悪く思っていなかったからな」

アロが暗がりでも分かるほど欲望にぎらつく瞳で、パルの体をなめ回すように見つめた。

彼女はフィネアと同い年だが身長は高く、同世代どころか年上女性でもなかなかいないほど胸も大きい。

容姿も整っているため、彼女に好意を抱くケンタウロス種男性は多い。

アロの背後に居る者達も、遠慮なくパルの体を見つめていた。

そんな彼に対して彼女は……。

「ウン……パルの好みは強い男。理想を言うなら、フィーが男ならよかった」

幼い頃から一緒で性格もよく知っており、素手ならサントルよりも強い。

パル自身、フィネアの護衛を務めるほど強いが、彼女も乙女。悪者に囚われた自分を助け出してくれるような強い男性を夢見てしまう。

なのでフィネアは性別以外、彼女の理想の相手だった。

「つまり……アロ達のようにサントルに尻を振るしか能のない無能で、腰抜けの羊のクソにも劣るクズ共なんて死んでも嫌。ゴブリンに嫁いだ方がまだマシ」

「こ、このガキ……ッ！　下手に出ていればぁッ！」

アロだけではなく、背後に居るケンタウロス種達まで激昂（げきこう）し、彼女を睨み付ける。アロは振り返り、男達に指示を出す。

「もういい。なら体に聞くだけだ。フィーを呼び出す人質（エサ）になるから、殺しはしないが痛い目にはあってもらうぞ！　ああ、口を割りたくなったらいつでもいいぞ」

「ウン……腰抜け共、返り討（かえう）ちにする」

パルは両足を射貫かれ、血を流し、圧倒的人数差を前にしても気高く怯（ひる）まず啖呵（たんか）を切った。

彼女自身、彼らを返り討ちにできるなんて正直、考えていない。

ただただフィネアが逃げる時間を稼ぐため、パルは最後まで足掻（あが）き続けるのだった。

☆　☆　☆

（パルの作戦通り、包囲網からは抜（ぬ）け出せたわね）

宿屋少女の衣服を身にまとってスカーフを頭から被ったフィネアが物陰（ものかげ）に隠れながら、安堵（あんど）の溜息（ためいき）を漏（も）らした。

パルの作戦とは……お湯を持ってきた宿屋少女に頼み、宝石と交換で彼女の衣服を購入。

彼女とフィネアの体格はほぼ同じのため問題なし。後は顔とケンタウロス種の特徴的な足を隠しつつ、彼女に手を引かれて宿屋から出て、包囲網を抜け出したのだ。

そして、細長い旅袋にフィネアの衣服を着せて、旅マントを羽織らせパルが抱きかかえる。部屋に入ってきたアロ達に、『パルがフィネアを抱えて宿から逃げ出す』と誤認させ、時間を稼ぐ陽動としてパルが街中を逃げ回る――という作戦だ。

無事にパルがアロ達から逃げ切った際、落ち合う場所は決めているが……。

相手は集団での戦闘経験に長けたサントル部下達だ。パルが逃げ切るのは難しいだろう。

既に宿屋少女にはこれ以上巻き込まないために、帰宅してもらった。

（どうにかして街を出て、人種王国王城へ辿り着きリリス女王のツテを頼り、『巨塔の魔女』と面会して協力を取り付けないと！）

そうしなければパルを助け出せず、最悪、魔女の不興を買ってケンタウロス種そのものが滅ぼされる可能性すらあった。

もう自分だけの命ではない。

だが、当然、未だに問題はある。

（今はパルに注意が向いているけど、だからと言って出入り口を監視している奴らは居るのよね……）

物陰から街の出入り口を窺う。

視線の先にはサントル部下らしいケンタウロス種達がいる。

街を逃げ回っているパルを追いかける者達もいるが、念のため出入り口を見張る者達も居るのだ。しかも、この出入り口は人種王国首都から一番遠い出入り口だ。にもかかわらずきっちりと監視員を配置していた。

（本気であたしを逃がすつもりはないようね……）

しかし当然、フィネアは予想済み。突破方法は既に思いついている。

彼女は物陰に隠れ移動しつつ、作戦に都合が良いのを探す。

（この馬車が良さげね！）

荷物を積んだ馬車が止まっていた。

主である商人は別れの挨拶をしている。お陰で誰も馬車に注意を向けていない。

フィネアは息を潜め、馬車へと近づき荷台へ乗り込む。

薄暗くて分かり辛いが、荷物が所狭しと置かれていた。

フィネアの体格はそこまで大きくない。なので隙間に体を滑り込ませ、その上から荷物を載せれば偽装完了だ。

耳を澄ませると商店との別れが済み、今度は護衛の冒険者達が商人へ近づき挨拶を始める。

挨拶が終わると荷台がいよいよ動き出した。

誰もフィネアが荷台に隠れていることに気付いていない。

（よし！　これでどうにか街を出ることができそうね！）

このまま行けば無事に街の外へ出られそうだとフィネアが安堵した。

（街を出たら、人種王国首都にある王城を目指して、リリス女王と接触。そして、『巨塔の魔女』への紹介をお願いして、それから……）

街を出られる算段が付き、今後、自分が何をするべきか考えられる余裕が生まれた。

信頼していた血縁者のいとこであるアロが裏切っていて、自分を逃がすため親友であるパルがその身を囮に逃がしてくれた。今頃、アロ達に追い詰められているかもしれない。

フィネアへの人質としてまだ価値があるため、殺されはしないが……。彼女がどこに行ったのか、まだ街にいるのか、もう出たのか、云々――情報を引き出すため殴られ、蹴られ、拷問を受けているかもしれない。

できるなら今すぐパルの所に戻って、彼女を助け出したい衝動に駆られる。

しかし、フィネア自身にそんな力はない。アロ達に捕まるだけだ。

同時にアロは裏切りパルは居ないため、国外に出て初めてフィネアは一人ぼっちになったことを実感した。

　孤独感、自身の無力感、絶望、悲しみなどいくつもの負の感情に襲われ、涙がこぼれ、嗚咽が漏れ出す……が、

（耐えろ！　もしここであたしが泣いて行商人や護衛の冒険者に隠れているのがバレたら、馬車から降ろされる！　ここで降ろされたら、出入り口を見張っているサントル兄の部下達に見つかっちゃう！　パルの献身が無駄になる！　耐えろ！　あたし！）

　心の奥底から津波のように押し寄せる悲痛な感情を叫ばないようにするため、自身の腕を噛む。

　強く噛みすぎて、歯が皮膚を破り、肉に食い込む。

　痛みと自身の鉄臭い血の味が口内を満たすが、何度も、何度も押し寄せてくる悲痛な感情に耐えるため、噛む力は一向に衰えない。

　口端から血が流れ落ちても噛む力は衰えなかった。

　フィネアは大きな瞳をギュッと閉じ、涙をぽろぽろ流しながら、胸中で誓う。

（パル、死なないで！　『巨塔の魔女』を連れて戻ってくるから！　そして、絶対にパルを、ケンタウロス族国のみんなを助けるから！）

　ガタゴトと揺れる馬車の振動を感じつつ、フィネアは『ケンタウロス族国の姫』として

改めて覚悟を固めるのだった。

■番外編一　ウルシュ

『奈落』最下層、執務室。

普段、僕は地上で冒険者『ダーク』として活動しているが、ときおり時間を作って『奈落』最下層で書類仕事をしている。

内政はメイド長で、右腕ともいえるメイが取り仕切ってくれているが、どうしても僕でないと判断が付かないものもあった。

そういう仕事を終わらせる時間である。

僕が決裁しなければならない部分――一番分かり易いのは、『奈落』ダンジョンについてだろう。

執務室、机に向き合いながら、書類の一枚を確認する。

「上のダンジョン……『奈落』に最近、冒険者が増えている？」

「はい、資料に書かれてある通り、過去にガルーを捜索しに来た獣人ウルフ種の族長の手の者達を撃退した頃に比べて、やや増加傾向にあるようです」

メイが書類を確認する僕に対して、記憶している内容を口にした。

『種族の集い』の元メンバーでもあり、当時、次期獣人ウルフ種族長候補の一人であったガルーが『奈落』ダンジョン内で失踪。

ウルフ種族長達はメンツ的に彼を捜索しなければならず、一時、獣人種が『奈落』ダンジョンへとガルー達捜索に来ていたが……。

「半数はモンスターにやられるままに放置して、残りの半数は脅しのために生かして追い返すって話だったと記憶してるけど……。報告では僕の事前指示通りにおこなっているって話だし。何かの間違い……っていう可能性はないか」

捜索隊は見せしめに半数は助けずに死なせて、もう半数は当分『奈落』へ近付かせないように宣伝させるため、生かして追い返す指示を出していたのだ。

予想通りなら、噂話を耳にした者達は『さすが世界最強最悪のダンジョン、近付かないでおこう』と考える筈だが……。

僕の指示をメイ達がぞんざいに扱うはずがない。

僕の恩恵『無限ガチャ』カードから排出された者達の忠誠心は本物だ。それこそレベル一〇からレベル九九九九など多くの者達がいるが、皆関係なく絶対の忠誠心を捧げてくれている。

……時折、『過剰すぎるのでは？』と思わなくもないが。

そんな彼らが、僕の指示を中途半端にこなす筈がない。

（なら、他に何か原因があるのか？）

メイは僕の考察が一通り落ち着くのをタイミング良く見計らい、口を挟む。

「その件につきまして『奈落』ダンジョン管理統括から、直接ご報告したいとのことです」

「ウルシュが直接？」

「はい、最近ダンジョン管理統括が忙しく、念話だけでの会話が多かったため、久方ぶりにライト様と直接面会したいとのことです」

「僕も地上で冒険者として動いていたから、『奈落』ダンジョンを任せているウルシュ達と全然顔を会わせていなかったな……。確かにいい機会だね」

ウルシュは『奈落』ダンジョンの総責任者だ。

彼に部下を付けて、『奈落』ダンジョンの維持、管理、指揮、運営などをおこなってもらっている。

その総責任者であるウルシュが、僕に会いに来るらしいが……。

「事前の打ち合わせではそろそろ顔を出す筈なのですが……」

「珍しいね、彼が時間に遅れるな――」

「にーちゃん！」

ノックもなく、扉が開く。

僕に対してこんな無礼なマネはナズナでもしない。

もし、そんなマネをしたら現場を目撃したメイや妖精メイド経由でエリーの耳に届き、お説教を受けるためだ。

唯一、こんなマネができるのは僕の血縁であるユメだけである。

とはいえ、彼女も人種王国メイド見習いなどの経験もあるため、普段ならこんなはしたない真似はしない。年の割にしっかり礼儀作法を学んでいるのだが……。

どうも興奮気味で、やや暴走している状態らしい。

今日のユメの側付き妖精メイドも慌てた様子で、部屋に入ってくる。

まるでおてんばな姫に翻弄されているメイドのようだ。

そんな興奮気味のユメが両腕に抱き抱えている生物を、僕に見せてくる。

「にーちゃん！　見て！　この子、見つけたの！　とっても可愛いでしょ！　ユメ、こんな可愛い犬みたことないよ！」

ユメはどうやら移動中に、腕の中にいる犬を発見。

あまりの可愛さと珍しさに、捕獲して僕へ見せに来たらしい。

その生物は尖った大きな耳に、つぶらな瞳、短い足。胴が長く、ユメに抱えられているのもあり、余計長く感じた。

尻尾は短く、歩くたびに可愛らしくお尻が揺れるのだろうと想像がつく。

見た目は足が短く、胴が長い犬だが、頭部に天使の輪が浮かんでおり、ただの犬ではないことが一目で分かる。

しかし、その輪も彼の可愛さを引き立てる一要素にしか過ぎない。

彼こそ『レベル五〇〇〇　雷鳴の統括者　ウルシュ』だ。

見た目は天使の輪を持つ可愛らしい犬だが、雷系攻撃魔術を極めた魔術師犬である。

『禁忌の魔女』エリーですら、雷系攻撃魔術においては一目置く人物（？）だ。

なおかつ『統括者』の名の通り、他者の管理、指示、動かす技能にも長けているため『奈落』ダンジョンの管理統括を任せていた。

そんな彼、ウルシュがユメの腕の中で、彼女に頬擦りされる。

恐らく、僕への報告のために移動している途中でユメに見つかり、捕まったのだろう。

そのせいで時間通りに来られなかったようだ。

僕自身、ウルシュの愛玩犬的可愛さを否定するつもりはないが……彼には、愛玩犬として致命的な欠陥がある。

その欠陥とは……。

「ウルシュ……ごめんね、妹が迷惑（めいわく）をかけたみたいで……」

「いえ、わたくしが、ライト様の妹姫君（ひめぎみ）であるユメ様へのご挨拶が遅れたのが原因。むしろ、わたくしこそ謝罪させて頂ければと」

「!?」

ユメが抱き抱えている犬――ウルシュが喋（しゃべ）ったこと、それ以上に彼の声が渋（しぶ）い男性のものだったことにユメが驚く。

ウルシュの愛玩犬として致命的な欠点は、その渋い声である。

声自体は非常に渋く、重く、格好良いものだ。

僕自身、将来大人になったらウルシュのような渋く格好良い、落ち着いた声質になりたいと思うほどである。

ただしウルシュの可愛らしい外見との落差が酷（ひど）すぎて、声を聞いてしまうと愛玩犬として見ることができなくなってしまうのだ。

他にも……。

「ユメ姫様（ひめさま）、一度床（ゆか）にわたくしを下ろして頂いてもよろしいでしょうか？」

「あっ、はい……」

あれだけ可愛がっていたユメも、ウルシュの声を聞き、外見との落差に驚き落ち着いてしまう。

指示に従い抱き抱えていた彼を床へと置く。

ウルシュは渋い声で、ユメに挨拶を始める。

「改めてご挨拶が遅れてしまい申し訳ありませんでした。わたくしは、上の『奈落』ダンジョン統括を任されております『レベル五〇〇〇　雷鳴の統括者　ウルシュ』と申します。偉大なる絶対者ライト様の妹姫君であらせられるユメ姫様にこうしてお会いできたこと、誠に恐悦至極に存じます。わたくしは基本的に上に広がっている『奈落』ダンジョン管理にかかり切りのため、今後顔を合わせる機会はあまり多くはないかもしれませぬが、どうか記憶の片隅に留めておいて頂ければ幸いです」

「あ、あの、ゆ、ユメです。こちらこそ初対面で抱き抱えちゃってごめんなさい……」

「いえ、わたくし自身、自分の容姿が愛玩犬として非常に適していることを理解しておりますので。むしろ、ライト様の妹姫君であらせられるユメ姫様に抱き抱えられ、愛でられるなど、配下の者として大変光栄なこと。このままユメ姫様の気が済むまで撫でられるのも吝かではございませんが、ライト様にお伝えしなければならない儀があり、大変申し訳ありませんが、暫しお時間を頂ければと。報告が済み次第あらためて、ユメ姫様に撫でられる時間を作りお伺いさせて頂ければ幸いなのですが、よろしいでしょうか？」

ウルシュは渋い声で、堅苦しい、真面目な言葉で告げた。

性格は真面目で、温厚。

社交性も高く、礼儀正しい。

『奈落』最下層でも一目置かれるほどではあるが……容姿の可愛さとのギャップが激しすぎて、最初に出会った者は皆当惑してしまう。

ユメも例に漏れず、容姿、声、態度の落差に困惑し、生返事を返す。

「あ、はい、お仕事がんばってください……」

「ユメ姫様の寛大なるお言葉、誠にありがとうございます」

ウルシュが、ユメに向かって深々と頭を下げた。

顔を上げると、ウルシュは背後に控えていた妖精メイドに目配せして、ユメを執務室から連れ出す。

これから話す内容をユメに聞かせるには刺激が強い。

そのため遠ざけたのだろう。

短い足を動かし、改めて僕達側へと向き直る。

その動きは非常に可愛らしい。

メイも好ましく思っているのか、口元が若干緩む。

「――絶対なる主様の前で、礼儀に欠ける態度を取ってしまい大変申し訳ございません。しかし、ユメ姫様には非は無く、もし罰するならどうかわたくしだけに留めて頂ければと」

「大丈夫、怒ってなんていないよ。むしろ妹が迷惑をかけたみたいでごめんね」

「寛大なるお言葉ありがとうございます」

しかし見た目の可愛らしさに比べて、声が格好良すぎるのと硬い口調が全てを台無しにする。

メイもウルシュが喋り出すと、緩んだ口元を元に戻していた。

僕は軽く咳払いをしてから、話を再開する。

「では、上の『奈落』ダンジョンについて報告を聞こうか」

「はい、では――」

と、ウルシュが報告を口にする。

――ちなみにガルー捜索隊半壊の情報が広まったにもかかわらず、若干『奈落』ダンジョンに向かう冒険者が増えた理由は……。

危険なダンジョンだが、運さえ良ければガルーや半壊部隊が残した装備品や遺品などを発見し、多額の金銭を得られるかもしれないと考えたかららしい。

危険な警告が逆に欲望を刺激する一面になるとは……。欲望には底がない。
ある意味、良い勉強になった。
他にもウルシュから直接、報告を聞く。
報告を終えた彼は、約束通り、次はユメに撫でられるため彼女の部屋を訪ねるらしいが
……。
ユメが彼をどんな態度で迎(むか)えるのかは、さすがに僕も予想がつかなかった。

■番外編二　ゴウの行方

現在『奈落』内に捕らえている、元魔人国側『ますたー』ミキの拘束は厳重だ。

『SSR　呪いの首輪』を身につけさせてレベルダウン、魔力・身体能力低下、所持している恩恵の制限など、様々な面で弱体化させられている。

この首輪は自身で外すことは不可能で、第三者の手によってでしか取り外せない。

さらに牢屋に入れられて、攻撃に特化したゴーレム、『UR　近接戦闘魔術ゴーレムダークナイト　レベル五〇〇〇』によって二四時間休むことなく警戒している。

ゴーレム故に疲労することもないため、見張りには適していた。

次に牢屋の前にある扉の先には、妖精メイド×二人を歩哨に立たせていた。

彼女達は適時交替している。

歩哨に立つ妖精メイド達には武装させて、『無限ガチャ』から出た『念話』、『閃光』、『粘着』カードを持たせていた。

『閃光』と『粘着』カードで足止めし、その間に『念話』で通報するというシステムである。

本当ならもっと強力なカードを持たせて彼女達の身の安全を図りたいが……。

万が一倒され脱獄された場合は相手がカードを手にする可能性があるため、強力なカードを持たせることが出来ない。

さらに、妖精メイド達がそれでも逃亡者に殺害されそうになった場合、危機が通報されるマジックアイテムを手にしていた。

これでもかなり厳重だが、それでも万が一を警戒して『奈落』最下層には必ず一人、レベル九九九九が残るように心がけている。

全ては『奈落』最下層にいる皆の安全のためだ。

☆　☆　☆

「デュフフフフ……」

「…………」

『ウワ、キッツ……』

『奈落』最下層の一室。

この部屋に僕、スズ、ロック、本来地下牢に入れられているミキが一緒の席に座ってお茶会を開いていた。

今日はミキに対するお礼のお茶会である。

前回、偽（にせ）『C』の情報の提供をミキから受けた。

その情報提供に対して、僕はミキに『しっかりとお礼をする』と明言。しかし、ミキは『そこまでたいした情報提供ではないから大げさなお礼はいいから、スズ（愛しい人）の趣味（しゅみ）などを知りたい』と要求してきた。

ミキが遠慮（えんりょ）したとはいえ、彼女から情報を得られた。

要求通りにスズの趣味等を教えて、『はい、お終（しま）い』では申し訳ない。

結果、地下牢から一時出してスズとのお茶会をセッティングしたのである。

本来なら妖精メイド達に給仕（きゅうじ）を頼（たの）むが、いざという時の安全を考えて、メイとアイスヒートに代わりを頼む。

仮にミキが暴れたとしても、僕も居るため取り押（お）さえるのは難しくない。

もちろんお礼だけで、彼女を牢屋から出してお茶会の席に座らせた訳ではないが……。

ミキが『デュフフフフ……』と奇妙（きみょう）な笑い声をあげ、正面に座るスズを凝視（ぎょうし）する。

スズは蛇（へび）に睨まれた蛙（かえる）のごとく青い顔で視線を逸（そ）らし、相方であるロックが彼女に変わってツッコミを入れていた。

ミキが蕩けた顔でスズに猫撫で声で話しかける。

「スズちゃんの趣味ってお人形さんを作ることなんだぁ。もう本当に可愛いよぉ！　スズちゃんのような可愛い娘にはぴったりの趣味だねぇ☆」

「…………」

『普通ニ褒メテイルハズナノニ、相方ニ鳥肌を立タセルノモ凄イヨナ……』

どうやらスズはミキに普通に話しかけられているにもかかわらず、鳥肌が立っているらしい。

（さんざん変なことを言われて、詰め寄られているから当然といえば当然だけど……）

しかし、ロックのツッコミを無視して、ミキは心底幸せそうな笑顔でお茶に口をつける。

「間抜けな魔人種達の情報を売っただけで、スズちゃんとお茶を楽しめるなんて、本当にミキィ幸せだよぉ！　もう幸せ過ぎて怖いぐらいだぞぉ☆」

「……ッ！」

ミキが幸せそうにスズへとウィンク。

スズは涙目で心底気持ち悪そうに、椅子を物理的に引いてミキから距離を取り出す。

そんなスズの姿ですらミキ的には可愛らしく、ふにゃふにゃとした幸せ顔を作った。

二人の態度の落差に僕は思わず苦笑してしまう。

だが苦笑してばかりもいられない。

今回の茶会は偽『C』情報のお礼だが、他にも一件、彼女に問いたい内容ができてしまった。その情報を引き出す場でもある。

僕は軽く咳払いして、ミキの注目を集めた。

「喜んでもらえて嬉しいよ。でもスズが怯えているから、あんまり変なことはしないでね？」

「もちろんだぞ☆　ミキィが愛しいスズちゃんに変なことするわけないよぉ～」

毎回のスズに対するミキの言動を考えると、『どの口が言っているんだ』とツッコミを入れたくなった。

しかし話が進まなくなるので流し、別件に対して口にする。

「今回はメインは偽『し』情報のお礼だけど、実は別件で尋ねたいことがあるんだ……」

「偽『C』以外で尋ねたいこと？」

ミキは可愛らしく小首をかしげた。

この別件について聞くにあたって、僕達側の事情を話す必要があるが……尋ねない訳にもいかない。

僕は割り切って、ミキへと内容を説明する。

「実は魔人国側『ますたー』のリーダーを務めるゴウを取り逃がしてしまって……」

メラの分身体が人種王国へと無断で侵入したゴウと戦闘をした。

その際、追跡用の『メラ分身体の血』を付着させて、その直後に『奈落』最強のナズナを対ゴウに派遣。

相手が魔人国側『ますたー』最強のゴウでも、ナズナには勝てず追い詰めたのだが……。

竜人帝国側『ますたー』三人が、敵対している筈のゴウを助けに入ったのだ。

『ますたー』四人は、戦闘ではなく逃走に注力。

さすがのナズナでも逃げに徹した『ますたー』四人を取り押さえることはできず、転移での逃走を許してしまった。

ゴウ達が逃げた先は、竜人帝国だと思うのだが……。

ゴウの逃亡先について、一応ミキの意見や情報も聞いておきたいと思い尋ねたのだ。

僕の話を一通り聞いたミキは、しばし悩んだ後、素直に答える。

「うーん、魔人国に戻るとは考え辛いから、普通に考えればやっぱり竜人帝国側に逃げたと思うわよぉ？」

「やっぱりそうなるか……」

僕達も、ゴウを取り逃がしたと知った後、情報を精査して同じ答えを出した。

『メラ分身体の血』の追跡が消えているのも、竜人帝国側『ますたー』の力で洗浄したせいだ。よって、血を使っての追跡は不可能。

だが疑問も残る。

「でも、ゴウってその竜人帝国側『ますたー』達と敵対している側のリーダーだったんだよね？　なのにどうして彼らは危険を犯してまで助けに来たと思う？」

「ミキィ達は、竜人帝国側にいる『マスター』達とは敵対してたけど、別に殺し合うほど憎み合っているとかじゃないからぁ。顔を合わせればじゃれあいぐらいはするけどぉ。あくまで見解の相違みたいなぁ～。それにゴウちゃんって見た目に反して思考は柔軟的だから。ミキ達には知らせず、裏で竜人帝国側と繋がっていたからじゃないかしらぁ？」

このミキの返答に、おそらくそれが正解だろうと僕の直感が告げた。

（竜人帝国側の『ますたー』か……）

以前、ミキから聞いた話では『Cを敵視する集団』が竜人帝国側『ますたー』らしい。

魔人種ディアブロへの復讐は終えた。

次は竜人帝国に居るドラゴに対して復讐をおこなう予定だったため、ある意味ちょうど良かった、とも言えるのかもしれない。

「……ありがとう、とても参考になったよ。このお礼はまた別の形でするから」

「うふふふ、次はどんな風にスズちゃんと楽しく過ごせるのか楽しみだよぉ」

「…………」

ミキが心底本気で楽しそうに笑顔を作った。

情報収集のお礼とはいえ、次また彼女の相手をしなければならないスズは、嫌そうな表情を作る。

しかし、その態度もミキからすれば極上(ごくじょう)のご褒美(ほうび)らしく、彼女の喜びが崩(くず)れることはなかったのだった。

■番外編三　宙城（そらじろ）

「むぅ～」

僕とライトは、最近では珍しく『奈落』最下層の執務室で恩恵（ギフト）『無限ガチャ』カードのボタンを押す。

席に座っている僕を中心に足下（あしもと）から魔法陣（まほうじん）が発生。

魔法陣が消失すると同時に空中から一枚のカードが出てきた。

「『R　探知』か。続けてRとは……。座ったまま『無限ガチャ』のボタンを押すのが不味（まず）いのかな？」

別に椅子に座っているかいないかで『無限ガチャ』のレア度が変化することはないが、ついついそんなオカルト的な考えをしてしまう。

なぜ珍しく積極的に僕自身で『無限ガチャ』を押しているのか？

それは、僕の兄であるエルスにーちゃんが、魔人国『ますたー』の一人ドクに捕まり怪物（かいぶつ）に改造されてしまったことに端を発する。

僕はエルスにーちゃんを正気に戻すため、戦いの中で声をかけた。結果として、一時正気を取り戻したが、僕を傷つけないようエルスにーちゃんは目の前で自らの命を絶ってしまった。

エリーやカードの力を使用すれば、エルスにーちゃんの復活は難しくないが……。怪物化した体を元に戻すことだけは不可能だった。

故に捕(と)らえたドクを拷問して、メイの嘘(うそ)探知、エリーに記憶を読ませた上で『怪物化したエルスにーちゃんを人種(ヒューマン)に戻す方法』を聞き出したが……ドクから情報を引き出しても『不可能』だということだった。

ただ希望はゼロではない。

メイの助言で気付かされる。

僕の恩恵(ギフト)『無限ガチャ』なら、『怪物化したエルスにーちゃんを人種に戻すカード』が出る可能性があるのだ。

現在、遺体は腐(くさ)らないようにエリーの極限級(アルティメット・クラス)魔術(まじゅつ)で時間停止をおこなっており、数秒や数分の停止ではなく、永続的に時間停止し続けている。

これでにーちゃんの遺体が腐ったりすることはなくなった。

普段なら地上で冒険者として名声などを上げるため活動したり、『奈落』最下層で僕が決済しなければならない書類処理、視察など仕事が山積みなのだが、『無限ガチャ』から有用なカードが出るよう願って、僕は仕事をなるべく早く終えることで時間を作りガチャを引いているのである。

　ちなみに僕が地上に居ても『奈落』で恩恵（ギフト）『無限ガチャ』カードを排出（はいしゅつ）しているが、そんなことができるのも『UR　二つ目の影（ダブル・シャドー）』のお陰（かげ）だ。

『UR　二つ目の影（ダブル・シャドー）』は本人そっくりで姿形、性格、癖（くせ）まで模倣（もほう）するし、さらに劣化（れっか）するが恩恵（ギフト）すら模倣することができるのだ。

　なので当時、『UR　二つ目の影（ダブル・シャドー）』が出ると、僕がカードを使い『もう一人の僕』を作り出し、ひたすら『無限ガチャ』を連打させ続けた。

　とはいえ、この『UR　二つ目の影（ダブル・シャドー）』も完璧（かんぺき）ではない。

『無限ガチャ』カードの高いランクの排出率は、僕がやるより落ちるのだ。

「だから時間を作って僕自身が『無限ガチャ』を引いているけど、なかなか良いカードが出ないな……」

　ぼやきつつ、『無限ガチャ』のボタンを押す。

「うっ……またRだ……」

『R　サイレント』が出た。

たまらず僕は執務室から席を立ち、歩き出す。

座ったままだと流れが悪く、ろくなカードが出ない気がしたからだ。

「…………」

今日の僕の側付きである妖精メイドが黙って端に控えている。

僕は彼女の視線を気にせず、執務室の中央へ立ち、ボタンを押す。

こっちの方が出る気がしたからだ。

「……今回はわりと良いカードだな」

僕の勘が的中したのか、連続で良いレア度のカードが排出された。

『SSR　無限胃袋腕輪』――装備すると無限に食事を食べられる腕輪。それ以上の効果はない。

『SSR　ワンボックスハウス』――キッチントイレバス付きの家を一瞬で召喚できる。戻すこともできるが、室内はあまり広くないのが欠点。

『SSR　宅配猫』――この猫を持つ者同士で荷物の受け渡しが一瞬でできるアイテム。一日一回の回数制で使い切ったら、猫は消えてしまう。

割とレア度は高いが、使い所が微妙ではあった。

だが流れは来ている。

気分を良くして僕は再度ボタンを押す。

「またレア度が下がっちゃったか……」

『SR　スーパーフラッシュ』――長時間強い光が出続ける。

『SR　びっくりミート』――敵を釣(つ)るためのエサ。美味(おい)しい匂(にお)いに釣られて敵が釣られる。味は普通。匂いが良いだけ。

『SR　睡眠の呪い(スリープ・カース)』――一定の確率で敵を眠(ねむ)らせる状態異常攻撃魔術。但(ただ)し高レベルな相手には効果はない。

「位置が悪くなったのかな……」

さすがにそんなことはないと理解しつつも、オカルト的思考で思わず行動してしまう。

執務室室内をうろうろしつつ、『無限ガチャ』ボタンを押す。

「！　来た！」

魔法陣が巨大化(きょだいか)して、眩(まぶ)しいほど輝(かがや)く。

レア度が高いカードが排出される演出だ！

しかし……。

「URか。レア度は高いんだけどな」

『UR　上級炎の支援妖精(ファイア・ハイエンド・フェアリー)』――使用すると上級炎の妖精が姿を現し、攻撃の補助をしてくれる。数は五～一〇のランダム。一定時間で消える。

補助カードとしては非常に有用なカードだ。

本来、当たりと断言して良いレベルなのだが……。

狙っている効果とは違うため、どうしても肩透かしをくらっている気分になる。

「はぁ……そろそろ戻らないといけない時間だし、これが最後か――――ッゥ!?」

「ご、ご主人様!?」

時間的に次の仕事が押しているため、最後のガチャになる。

僕が何気ない調子でボタンを押したら――巨大な魔法陣が出現した。

あまりに巨大な威圧に僕の身の危険を感じた妖精メイドが『自身の命に代えてでもライト様をお守りしなければ』と飛び出しそうになるが、僕は片手を上げて制止する。

「大丈夫、安心してくれ。別に敵からの攻撃とかじゃないから。これはSURカード排出の演出だよ！」

約三年前、『種族の集い』メンバーに裏切られて、『奈落』最下層に転移した際、スネークヘルハウンドに襲われた。その時、僕はまだ弱く、他に手段がないため恩恵『無限ガチャ』を連打。

その時、メイが出た時と同じ魔法陣が執務室に広がる。

懐かしさを感じていると、光が集束、一枚のカードを作り出す。

「SURカードなら、にーちゃんを怪物から人種に戻す力があるかもしれない……」

……しかし、希望は裏切られた。

確かにSURカードだけあり、想像を絶する力を持ってはいるのだが……。

正直、僕達には微妙すぎて扱いに困ってしまう。

「いや、凄いカードではあるんだけど……」

『SUR　宙城』——宇宙まで飛行可能で、永続的に永住し続けることができる環境が整っている城。星々間の移動も可能だが、人数制限有り。

と、いうカードだ。

城が宇宙まで飛び、永続的に住めて、他の星々まで移動することができるのは凄いことだと思うが……。

僕達には既に『奈落』最下層があるため、正直、使いどころに迷うカードでもある。

(折角SURカードが出たけど、エルスにーちゃんを助けるような物じゃなくて残念だな……。でも絶対に諦めないぞ)

本音を言えば、折角SURカードが出たのだから、もっと有用な物がよかった。

しかし、これぱかりは運のため、選ぶことはできない。

にーちゃんを救うにはまだまだ遠いようだが、『絶対に諦めない』と気持ちを新たにする。

「とりあえず出たカードはアネリアお姉ちゃん、アルスに預けるよう手配を頼むよ」

カードは基本的にアネリアとアルスが管理する『カード保管庫』へと預けられる。

故に『ＳＵＲ　宙城（そらじろ）』を含（ふく）めて、今回出たカードは全てアネリア達（たち）に任せようというのだ。

お付きの妖精メイドはカードをうやうやしく受け取ると、僕の指示に従った。

■番外編四　ミヤ、ナイン公国魔術師学園試験を受ける

人種の少女であるミヤは過去、ドワーフ王国にあるダンジョン街で冒険者をしていた。

お陰で普通の人種の村人よりは、街での生活に慣れている。

にもかかわらず、彼女は現在目の前に広がる光景――魔術師なら誰もが憧れる学舎、ナイン公国の魔術師学園に威圧されて唾液を飲み下す。

『ナイン公国魔術師学園』といえば、九種族が出資してつくられた『ナイン公国』に存在し、この世界で最先端の魔術を研究している学園である。

在席しているだけでかなりの信頼を得ることができるし、箔がつく。

故に入学時に求められる才能は高く、支払う学費も庶民が気軽に出せる金額ではない。

当然、通っている者も一定の立場の親を持つ者達にほぼ限られている。

過去、ミヤも人種王国にある魔術師学園で好成績を収めて、推薦を受けて進学したいと希望していた――より正確に言うなら『試験を受ける許可はもらっていた』。

「ごくり……」

試験を受けて合格すれば通うことができていたのだ。

両親が流行病で亡くなり、そんな余裕はなくなったが。

では、なぜ人種の一村人である彼女が公国の魔術師学園に居るのか？

ナイン公国魔術師学園教員兼、攻撃魔術研究者ドマスから手紙を貰ったからだ。

内容を要約すると『偶然、公国に来ていたダークと知り合い、色々貴重な話や経験をさせてもらった。彼曰く、ミヤは非常に良い娘で魔術の腕も確か、才能は自分を超える、勧誘して絶対に後悔させない魔術師云々と言っていた。故にミヤをナイン公国魔術師学園に勧誘することを決断した』と。

当時、この手紙を読んだミヤは頭を抱えた。

『わたし程度が、ダークさんの才能を超えるなんてありえる訳ないじゃないですか～～～！』

頭を抱えたが、ダークに褒められて嬉しかったのも事実である。

またドマス曰く、『あらゆる傷を癒す聖女ミヤの名を耳にして興味を持った。もしよければ自分の推薦でナイン公国魔術師学園の試験を受けないか』とも書かれていた。

『あらゆる傷を癒す聖女ミヤの名を～』という部分は気になったが、ナイン公国魔術師学園の試験を無料で受けられるのは僥倖だ。

ダークを超える才能など持っていないことは自分自身がよく理解しているが、世の中に対して自分の力を試（ため）したいという気持ちもある。

結果、ドマスへと試験を受ける旨（むね）の返信の手紙を書き送った。

後日、旅費、宿泊費（しゅくはくひ）、証明書などが同封（どうふう）され、到着（とうちゃく）の日時などが指定された手紙が返信されてきた。

ミヤは兄エリオと仕事で世話になっている薬師老婆（ろうば）に許可を取り、試験を受けるためナイン公国魔術師学園へと訪（おとず）れたのだ。

ちなみに薬師老婆の後継者（こうけいしゃ）である孫娘（まごむすめ）はより技術を高めるため、ナイン公国へと留学していたが、ミヤと入れ違うように村へと戻ってくるらしい。

なので受かって学園に通うことになったら、自分に遠慮なく勉強してくるようにと薬師老婆から背中を押されていた。

その後押（あとお）しもあって、試験を受ける気になったのだ。

「はぁ……ふぅ……よし！」

ミヤは気合を入れ直し、ドマスから送られてきた手紙と証明書を手に正門から入り、警備員へと声を掛（か）ける。

☆　☆　☆

「では早速、実技——魔術の実力を見せてもらおうか」

「は、はい！　よ、よろしくお願いします！」

ミヤが緊張した面持ちで返事をした。

返事をする相手は浅黒い肌に尖端が尖った尻尾を伸ばしている。身長は一七五cm前後で、顎髭を生やした魔人種だ。両手に複数の指輪を身につけている。一つ、二つではなく複数の指輪をつけているのは、非常に珍しいといえなくもない。

彼こそミヤを呼び寄せたナイン公国魔術師学園教員兼、攻撃魔術研究者ドマスである。

ミヤは彼と合流してすぐ、旅の垢を落とす暇もなく『地下魔術実験場』へと連れてこられた。

地下深く部屋を作り、学園の魔術や技術の粋を集めてガチガチに固めた魔術実験場だ。

大抵の攻撃魔術ではその壁に傷を付けることはできないとか。

ナイン公国魔術師学園の近くには高級住宅地があるため、外でやると苦情が来る。そのため地下に攻撃魔術が使用できる施設を作ったのだ。

『地下魔術実験場』で使用できないほど大規模な攻撃魔術はさすがに公国を出た外でおこ

なう。

ドマスは攻撃魔術研究者だけあり、興味深そうにミヤへと声をかける。

「あのダーク殿に『才能がある』と言わしめるほどの実力者。試験官として、また一攻撃魔術研究者として非常に楽しみにしている」

「が、が、がんばります……」

旅の汚れすら落とす暇もなく試験を受けさせられるのも、ドマスがそれだけミヤに期待し、彼女がどのような魔術を使うか研究者として興味が強いからだ。

伊達にダークが放った攻撃魔術『ファイアーウォール』の中に自ら突撃して熱量を確認するほど魔術きち——研究者として熱心な人物ではない。

ミヤは展開の早さにドギマギしつつも、冒険者時代に使っていた杖を両手にして頭を切り替える。

冒険者時代、突然のアクシデントに遭遇した場合、いつまでも慌ててはいられなかった。

気持ちを切り替えられなければ、死ぬからである。

その経験が生き、気持ちをすぐさま臨戦態勢まで持ち込む。

「ではあの的に向かって好きに攻撃魔術を放ってくれたまえ。ダーク殿からミヤ殿の攻撃魔術は優れていると聞いているが、治癒魔術でも構わぬぞ」

「いえ、攻撃魔術で行かせて頂きます」

『巨塔教の聖女』としてなぜか祭り上げられているせいで、ミヤは『治癒を得意としている』という風潮がある。

しかし実際は治癒より、攻撃魔術の方が得意だ。

故にドマスが気を利かせて振った話を断り、攻撃魔術を選択。

「行きます！　――魔力よ、顕現し氷の刃となりて形をなせ、アイスソード！」

ミヤが空中に四本のアイスソードを作り出す。

二つはごく普通のアイスソードだが、一本は妙に剣身に幅があり、もう一つは一見すると普通なのだが……ドマスは微妙に違和感を覚えた。

「アイスソードよ！　敵を討って！」

まず一本のアイスソードが飛翔し、数十m先の的へと突き刺さる。

これはごく普通のアイスソードだ。

次にミヤは剣身に幅があるアイスソードにひょいと飛び乗ると、滑るように横に移動し、残り二本を飛ばす。

「ブレイク！」

先行していたアイスソードの一本が、ミヤの声にあわせて砕け散る。

砕けた破片は最初に刺さっていた的をズタズタにしてしまう。

次にミヤは一本を他の的へと移動しつつ、狙い当てる。

「はぁぁ！」

最後は彼女が乗っていたアイスソードを滑らせて、上空へと移動。

そのまま落下速度を利用し、的へぶつける。

ぶつかる際に、彼女は飛び降りるが、アイスソードは落下の勢いをプラスして的を深々と切り裂く。

到底、アイスソードの威力ではない。

「…………」

これにはドマスも目を見張る。

（魔力、技術、身のこなし、どれも普通の魔術師だ。正直言えば、威力については見るべき所などない。しかし、なんだあのアイスソードの攻撃方法は⁉　一本目は普通のアイスソードで、私に自分がどの程度の実力か見せるために使用した。次は剣身が途中でバラバラに砕け散り、的をずたずたにした。あれなら、複数の相手を倒すことは無理でも傷を負わせて動きを鈍らせることができるだろう。三本目は普通のアイスソードかと思いきや実は薄い刃が隠れていて、普通のアイスソードと思わせて迎撃したら、隠れたもう一本に傷を負わされるという嫌(いや)らしい仕掛(しか)けになっている。どれも机の上で考えたというより、実戦で得た着想という匂いを感じる……）

何より彼を驚愕(きょうがく)させたのは、最後の攻撃だ。

思わず攻撃魔術研究者として凶暴(きょうぼう)に笑ってしまう。

（攻撃魔術に乗って空中を移動するなど！　その発想はどこから出てきたんだ⁉　しかも最後は、高所からの落下速度を利用することで通常の戦闘級(コンバット・クラス)ではありえない破壊力(はかいりょく)を引き出すなど！　私が発想力で負けるとは……ッ！）

ミヤの魔力値などは普通だが、その発想力にドマスは研究者として強い刺激(しげき)を受けた。

『アイスソードの上に乗って移動する』。

これ自体、ミヤが考え出した訳ではない。

彼女はドワーフ王国のダンジョンで元『白の騎士団(きしだん)』団員のエルフ種カイトに襲われた。

その際、カイトがエルフ女王国の国宝、宝剣(ほうけん)『グランディウス』の剣身に乗って移動していたのだ。

ミヤはその姿に影響(えいきょう)を受け、アイスソードの上に乗って移動することを思い付いたに過ぎない。

とはいえ、最初は上手(うま)く乗れず尻餅(しりもち)を着いていた。

今では自由自在――とはいかずとも練習して落ちずに移動し、攻撃できるぐらいにはなった。

これもミヤの努力である。

「あ、あのドマス先生……」

攻撃魔術を見せたミヤが凶暴に笑って黙り込んでいるドマスに不安を感じて、おずおずと声をかけた。

額から流れる汗(あせ)には、全力で攻撃魔術を使った影響だけではなく、冷や汗も混じっている。

ミヤに声をかけられたドマスが我を取り戻(もど)す。

「ああ、すまない。素晴(すば)らしい攻撃魔術の使用方法を見せられてつい研究者として考え込んでしまっていたよ。合格だ。文句なしだ。ミヤ殿、是非(ぜひ)、我(わ)が学園に入学して欲(ほ)しい」

「……ッ!? あ、ありがとうございます!」

「ただ流石にダーク殿のように『学費免除(めんじょ)の特待生』とはいかない。授業料等を支援(しえん)する奨学金(しょうがくきん)制度を私の名前で通すように後押ししよう。生活費は自身で稼(かせ)いでもらう必要があるが、それでも問題ないかね?」

「は、はい、ありません! それで勉強できるなら! む、むしろこんな早くお話が進んでいいのか……」

「問題ない。学園から、その程度の裁量は任されているからね。何より、折角の才能を磨く時間を削るようなマネをするほうが無駄だ」

ドマスに才能を認められミヤが頬を喜びで染めた。

実際、彼は口にはしないが、現状で魔力、技術、短い会話から推測される魔術知識などは極々平凡なものだ。しかしミヤの発想力には非凡なものがあるため、ドマスは試験に合格させたのである。

ドマスはミヤの返事を聞き、満足そうに頷く。

「では、ミヤ殿――いや生徒ミヤ、その才能を腐らせずナイン公国魔術師学園で磨き、魔術技術進歩の礎になってくれたまえ」

「はい！　がんばります！」

「よろしい。以後、私のことは先生と呼ぶように。もし分からないこと、問題が起きた場合は私の研究室に相談にくるといい」

「はい、ありがとうございます、ドマス先生！」

ミヤは珍しくハイテンションで返事をした。

彼女の元気の良い返事を聞きつつも、ドマスはミヤのやった攻撃魔術の利用法をすぐさま自身で検討したくて、うずうずとした様子で手帳を取り出すと走り書きをした。

「制服、教科書などは後日届くよう手配しておこう。今夜はもう疲れているだろうから、女子寮に行きなさい。異性である私が入る訳にはいかないが、すでに寮の部屋には先輩の生徒が待機している筈だ。分からないことや学園での生活については彼女に聞くように」

「先輩ですか？」

「一般的に我が生徒達は先輩と後輩が同室となり、一緒に過ごすのだよ。先輩が後輩の面倒を見ることで、学園の規則や明文化されていないルール等を教え、精神ケアなどもおこなうのだ。合理的だろ？　その方が我々教師陣の手を煩わせられることもなく、研究時間も確保できるからね」

建前は『先輩が後輩の面倒を見ることで互いに高め合う』らしいが、実際は教師達が自分達の研究時間を少しでも確保するための方便のようだ。

ドマスが女子寮までの道のりを記したメモを破き、ミヤへと渡す。

「生徒ミヤの技術を利用すれば、あの攻撃魔術の威力を最小の労力で――」

彼はミヤの返事を聞く前に、急ぎ研究所へと戻る。

まさか合格後すぐに放置されるとは想定しておらず、ミヤはドマスを呼び止める暇がなかった。

しかたなく気持ちを切り替えて、メモを手に女子寮を目指す。

「ここで合っているよね？　うん、合ってる」

メモに記された地図を元に女子寮へと移動。

部屋番号を数度確認して、合っていることを確かめる。

（この部屋から、わたしの公国魔術師学園生活が始まるのか……）

まさか試験をすぐに受けさせられ、合格後に放置されるとは想定していなかったが……。

合格は合格で、これから生活をするのも事実だ。

彼女は気持ちを切り替え、部屋にいるこれから自分の面倒を見て、学園のルールなどを教えてくれる先輩に挨拶（あいさつ）をするため扉（とびら）をノックする。

『どうぞ』

（？　どこかで聞き覚えがある声のような……）

ノック後、返事がした。

その声が聞き覚えのあるものだと気づくが、その人物はこの場に居る筈がないため、ミヤはすぐ想像した姿を消し、ドアノブを回す。

「こ、こんにちは！　あの、今日、ドマス先生に合格をもらって――」

「聖女ミヤ、遅（おそ）かったわね。待ちくたびれたわよ」

「……クオーネちゃん、なんでクオーネちゃんが部屋に居るの？」

金髪を縦ロールに巻いて、鋭い瞳に腰がくびれ、胸もミヤより大きい少女が優雅にお茶を飲んでいた。

一見すると気が強そうな少女だが……彼女こそミヤを聖女へと押し上げ、『巨塔の魔女』、妖精メイド達を巻き込み『巨塔教』を立ち上げた人物で、過去、自称・天才魔術師『紅蓮の片翼天使』と言っていたクオーネだ。

クオーネは過去ミヤと共に獣人種達に拉致され、監禁された経緯から心を折られた。

しかし、ミヤの支えにより自暴自棄になることなく、無事にダーク達に救出された。

以後、なぜか『自分の産まれた理由は、ミヤを聖女として巨塔教を広めること』と言い出し、ナイン公国魔術師学園や実家にも戻らず、『巨塔街』で布教活動をおこなっていたはずなのだが……。

なぜ、自分の先輩となる寮の部屋に彼女が居るのか本気でミヤは理解できなかった。

彼女の戸惑いに気が付きクオーネが笑顔で答える。

「聖女ミヤがナイン公国魔術学園の試験を受けると聞いて、ワタクシも一教徒として支えてあげようと戻ってきたのよ。無事、ミヤの先輩役を得られてよかったわ」

「ど、どうして？　わ、わたしが落ちる可能性もあったのに……」

「もう聖女ミヤったら、冗談が好きね。あの過酷な環境でも耐え抜き、激戦を乗り越えた聖女ミヤが落ちるなんてありえないわ。むしろ、来るのが遅すぎて心配したほどよ」

クオーネの瞳は真剣そのものだった。

ミヤが試験に落ちることなど微塵も考えていなかったようだ。

彼女はニコニコと笑顔で断言する。

「今日からはワタクシが聖女ミヤの先輩として学園生活をフォローするから安心して。ついでに学園にも『巨塔教』を広める布教活動をしないと。忙しくなるわね！」

「…………」

『忙しくなる』と口ではいいながら、充実感がタップリと篭もった瞳でクオーネは告げた。

ミヤは彼女が本気だと言動から理解し、自分の平和な学園生活が訪れないことを悟る。

悟り、思わずその場に膝、両手を突いてしまったのだった。

■第三話　交渉

『奈落』最下層、執務室。

　僕ことライトが仕事をしていると、メイから報告を受ける。

　その報告とは……。

「ミヤちゃんがナイン公国魔術師学園に入学した？」

「はい、同室は『巨塔街』で『巨塔教』を布教していたクオーネ様です。ミヤ様がナイン公国魔術師学園の入学試験に挑むと耳にして、復学したようです」

「わざわざ『巨塔教』の布教を諦めて、ミヤちゃんと一緒になるため復学したのか……」

「いえ、クオーネ様は『巨塔教』の布教を諦めてはおりません。場所を『巨塔街』から、ナイン公国での活動に切り替えただけとのことです」

「ええ……あそこ一応、女神教総本山があるんだけど……。そんな所で布教しようとするなんて……大丈夫なの？」

　――女神教総本山とは？

この世界には『女神教』という宗教が存在する。

世界を作り出したと言われている『女神』を崇（あが）める宗教だ。

しかし、あまり敬われてはいない。

竜人（ドラゴニュート）種、魔人（まじん）種、エルフ種、ダークエルフ種、ドワーフ種、鬼人（きじん）種、獣人種、ケンタウロス種――力がある種は、『自分達の種が絶対』という意識が強いためだ。

唯一（ゆいいつ）、この世界で差別されている人種（ヒューマン）が、他種に比べると信仰（しんこう）している度合いが強いだろう。

とはいえ、世界を作り出した女神を讃（たた）える宗教のため、どこか特定の種の国に総本山を作った場合、政治利用される可能性が高い。

故に女神教総本山は、ナイン公国に作られ、存在していた。

女神教の教えでもっとも有名なのが『世界創造』だろう。

女神がどうやって大陸や九種を作ったか、そして邪神（じゃしん）に狙われていることについて記したものだ。

そんなある意味、女神教の本場であるナイン公国で他宗教の活動をするなんて……。喧嘩（けんか）を売っているのではないだろうか？

（女神教の過激派、裏の活動部隊である『忘却部隊（ぼうきゃくぶたい）』は僕が倒しているから、ミヤちゃん達もそうそう襲われることはないと思うけど……）

　世の中に絶対はない。

　僕は暫し考え、メイに命じる。

「あとでアオユキを執務室に呼んでくれ。彼女にミヤちゃんとクオーネさんの護衛と周辺の監視ができるテイムモンスターを頼むから」

「畏まりました」

　メイはお手本のような一礼をして、その後すぐに『ＳＲ　念話』でアオユキに連絡を取り出す。

　ミヤに既に護衛はつけてあるが、女神教の総本部があることを考えると一層警戒した方がいいだろう。

　僕はメイの仕事っぷりを眺めながら、他の気になることについて思考を巡らせる。

（ミヤちゃんがナイン公国魔術師学園に呼ばれたのは、僕がドマスさんにミヤちゃんを推したのが原因なんだよね。ミヤちゃんが家を出たということは、エリオさんは村で一人生活をしているというわけで……。後押しをした手前、彼に何かした方がいいのかな？）

　ミヤが村を出て、一人家で寂しく生活するエリオを想像してしまう。

　想像するだけで、なんだか申し訳ない気持ちになってしまった。

（やっぱり責任を取って、エリオさんが寂しくないよう家族……お見合い話とか持って行った方が良いのかな？）

僕はついそんなことを考えてしまった。

しかしエリオの好みも知らず、身を固める気もないのに、お節介でお嫁さん候補を紹介するのも逆に不味いだろう。

（第一、久しぶりに会って『ミヤちゃんが家を出たのは自分の責任もあるので、お嫁さんを紹介します』なんて突然言い出したら、エリオさんも普通、驚愕するよね）

もし僕がエリオと同じ立場になったら、いくら尊敬している相手でもドン引きする。

僕はメイの指示出しが終わるまで、そんなことをついつい考えてしまった。

――結論から言うと、結局、僕の心配は杞憂に終わる。むしろ、僕自身、予想もしていない事態がエリオの身に起きるのだった。

その僕自身も予想できなかった事態とは……。

☆　☆　☆

フィネアが人種王国近くの街から、馬車に無断で乗り込み、ダンジョン派のケンタウロス種包囲網から抜け出した翌日の昼頃。

「この娘、誰だ……？」

彼女は人種の行商人ヨールムに、寝ているところを見つかっていた。

――その前の日。

馬車は日が暮れる丁度、街から一番近い村に到着。商人は馬車をいつもの宿に預け、そのまま宿泊。

馬車の荷車にこっそり潜り込んだフィネアも気絶するように眠った。

翌日、早朝になると馬車は出発。

昼頃、休憩&昼食のためヨールムが馬車を止めて、荷台から食材を取り出すため乗り込むと――微かな血の臭いに冒険者が気づく。

冒険者は馬車の持ち主である行商人ヨールムと護衛仲間に注意を促し、武器を構えて荷台を慎重に検査。

すると……荷物の陰に腕に傷跡があるケンタウロス種の少女、フィネアを発見したのだ。

彼女を起こし、荷台から下ろして腕の傷を簡単に応急処置。

応急処置を終えた後、行商人ヨールム、護衛である人種冒険者に囲まれながらフィネアは事情聴取された。

フィネアは臆さず、彼らと向き合い交渉する。

「勝手に荷馬車に隠れたのは謝罪するわ。腕の治療もありがとうございます。でも、少々問題があって追われていて……。彼らをやり過ごすにはこれしか方法がなかったのよ……」

「追われている……厄介ごとですか……」

ヨールムが困ったように溜息を漏らす。

フィネアは最後の手持ちである宝石を差し出しつつ、交渉を続ける。

「この宝石を全部あげるから、あたしを人種王国首都に連れて行って欲しいの」

「人種王国首都には向かいますが、うちにも事前に決めている行く先が……。馬車に積んである商品を無駄にすることになるので、すぐに行くのは無理ですよ」

「そこを曲げてお願い！　無駄になった商品は、問題が解決後、必ず色を付けて支払うから！」

「いくら無駄になった商品代金に色を付けられても、無理なものは無理ですよ。お金の問題もですが、予定通り荷物を運ばなかったらこちらの信用に傷が付く。正直、お金だけの問題ではないんです」

商売人にとって信用は非常に大切だ。

いくら無駄になる荷物代に上乗せ金を積まれても、信用には代えられない。

……さらには、行商人ヨールムとしては『ケンタウロス種少女の問題』に首を突っ込みたくないというのも本音だった。

しかし、フィネアも簡単には引き下がれない。

一分一秒でも早く『巨塔の魔女』と交渉し、その力を借りなければ、自分を逃がすため陽動を買って出た親友パルを救い出せない。

（あたしをおびき出す、交渉材料にするため殺しはないでしょうけど……。それがいつまで続くか分からない）

故に彼女も引くわけにはいかないのだ。

フィネアが告げる。

「なら、損なう信用分も上乗せするわ。問題を片付けたら多額の金銭を必ず支払うから。信用できないなら、契約書でもなんでも書くわ。ただあたしを人種王国首都に連れて行ってくれるだけでいいから！」

「…………」

引き下がらないフィネアの態度に、ヨールムが圧倒された。

人種王国首都まで連れて行けば、彼女が本気で『損なう信用分を上乗せし、大金を支払う』という約束を守るつもりであると伝わってくる。

（衣服は普通だが、差し出してきた宝石は上物。言動からケンタウロス種内部でも上位の資産家の娘なのは確実……。しかし、彼女の問題に首を突っ込むのは……だが、上手くすれば街に店を持てるほどの資金を得ることが……しかし、人種との契約を律儀に守るとは……だが……しかし……）

ヨールムの……大部分の行商人の夢は、街に自分の店を持つことだ。

それには莫大な資金が必要になる。一代目の行商人で稼げる資金ではない。親子代々資金を貯めてようやく店を持てるのが一般的だ。

しかし、上手くいけば自分の代で、その夢を実現できるかもしれない。ヨールムはその甘い誘惑をきっぱり断ち切れるほどできた商人ではない。

あくまで普通の人種でしかないのだ。

彼は打算に打算を重ねてフィネアに提案する。

「……分かりました。人種王国首都へお連れいたします」

「本当！　ありがと――」

「ですが！　今すぐ向かうのは無理です。商人として、予定をなしにする訳にはいきません。ですから折衷案として――自分が懇意にしている秘密を漏らさない信用できる人達が居ます。その彼らが居る村で、自分の仕事が終わるまで待っていてくれませんか？　そして戻り次第、人種王国首都へ向かうということで。なるべく急ぎますから」

（……さすがにこれ以上は無理ね）

『自分一人だけで向かう』という選択肢も一瞬フィネアの頭を過ったが、途中でダンジョン派ケンタウロス種が待ち構えている可能性が高く、旅用品も一切ない。

その状態で、人種王国首都に向かうのは自殺行為だ。

今の彼女は知り得ないが……事実、既にアロ達ダンジョン派は、既にフィネアが街中を出たと考えて、パルを連れて自国に帰還する者達、彼女を捕らえるため人種王国首都へと向かい移動する者達に分かれて行動していた。もしフィネアが焦り一人で人種王国首都へ向かっていたら、ダンジョン派の警戒網に引っかかり身柄を取り押さえられていただろう。

――話を戻す。

（なら姿を偽って荷馬車に乗って、行商人の馬車で向かう方が無難よね……）

足を隠して人種少女の格好をして、行商人の娘などの振りをした方が、どう考えても人種王国首都に辿り着ける可能性は高い。

（これ以上、ゴネて折角の譲歩を無下にする方が不味いわね）

実際、ヨールムが商人として飲める危険度(リスク)、得られる利益(リターン)から出した妥協案(だきょうあん)だ。もしフィネアがこの案を拒(こば)むなら、当然ヨールムは彼女を拒否(きょひ)するつもりでいた。

「……ありがとうございます。それで問題ありません」

「では、契約成立ということで」

フィネア、ヨールムが互いに笑顔で握手(あくしゅ)を交(か)わす。

護衛冒険者達(ぼうけんしゃたち)は周囲を警戒しつつ、雇(やと)い主(ぬし)の決定を眺めるしかなかった。

■第四話　人種(ヒューマン)村での生活

「と、言うわけで自分が戻ってくるまで、彼女――ネア（フィネアの偽名(ぎめい)）さんを預かって欲しいのです」

「ちょっと、ヨールムさん？」

ライトと縁(えん)が深いミヤとエリオ兄妹(きょうだい)が住む村に、定期的に訪れる行商人ヨールムが顔を出す。

今回も村に需要(じゅよう)がある品物を持ち込んできた。

しかし今回、持ち込んだのは商品だけではない。

長いスカートを穿(は)いて特徴的(とくちょうてき)な足を隠したケンタウロス種の美少女だ。厄介事
ヨールムは村に着いて早々、商売を始めず、『移動で疲れたので休憩します。荷物の販(はん)売(ばい)は休憩後で』と村人達(たち)に断りを入れた後、エリオを捕(つか)まえて、彼の自宅へ。

エリオがお茶を淹(い)れてテーブルの席に座(すわ)ると、ヨールムから事情を聞かされた。

ネア（フィネアの偽名）は、『とある事情でケンタウロス種に追われている』、『その問

題を解決するため人種(ヒューマン)王国首都へと向かわなければならない』、『ヨールムも力になる予定ではあるが、まだ回らなければならない村々が残っている。とはいえ、彼女を連れ回すのは危険』、『故に自分が戻ってくるまで、信用しているエリオとミヤの家に彼女を預けたい』と申し出てきたのだ。

「もちろん無料(タダ)とは申しません。滞在費(たいざいひ)はしっかりと支払(しはら)わせて頂きますので、どうかお願いします」

「お願いします、えーと、エリオさん?」

ヨールムの後に続き、ネア(フィネア偽名)が人好きのする笑顔で挨拶をした。

ちなみに滞在費は、ネア(フィネア偽名)の宝石から支払われるので、ヨールムの懐(ふところ)は痛まない。その辺はさすが商人と言えるだろう。

エリオは予想外のお願いに困惑(こんわく)した表情を浮(う)かべる。

「事情は理解しましたが、さすがに突然すぎますよ。第一、ミヤはナイン公国魔術師学園の推薦(すいせん)で、学園に入学。今はあっちの寮で生活しているので……。ミヤが居るならともかく、さすがに年下……妹と同い年の女の子と一緒に生活をするのはちょっと……」

「ミヤちゃん、ナイン公国魔術師学園に入学したんですか⁉　魔術師の才能があるとは思っていましたけど……。でも、それは弱りましたね。ミヤちゃんも居るから、自分が戻ってくる間、任せられると考えていたんですが……」

ミヤとネア（フィネア偽名）は同い年だ。

故にヨールムは彼女の世話を、同性のミヤに任せれば問題ないと考えていた。

しかしまさか、彼女が魔術師が学ぶ最高峰の学舎であるナイン公国魔術師学園に入学していてここに居ないとは知らなかった。

「なので、さすがにお断りさせて――」

「ちょっと待ってください！　あたしなら大丈夫ですから、この家においてください！」

さすがに『年頃の少女と二人きりで一緒に暮らす訳にはいかない』とエリオが断ろうとすると、ネア（フィネア偽名）が遮った。

もしここで断られて、人種少女のフリをしながら行商人ヨールムと一緒に村々を回ると、ダンジョン派ケンタウロス種に見つかる可能性が上がってしまう。

それならば、一つの村で大人しくヨールム達の帰りを待つ方が遥かに安全だ。

自身の安全のため――さらに親友パルとケンタウロス族国の将来のためにも、エリオから拒絶される訳にはいかない。

ネア（フィネア偽名）は人好きのする笑顔で、話を続ける。

「あたしにも兄が居て、年上の男性と生活する心得はありますから。それに妹さんが居ないのなら、逆に彼女の部屋を使わせてもらえば、わざわざ新しく部屋を準備する必要もありませんよね？　あと簡単だけど料理が作れるので、滞在させてくれるならお礼に作りますよ。だから、ここに置いてください、お願いします！」

　ネア（フィネア偽名）はテーブルに額を着ける勢いで頭を下げた。

　彼女の訴えを人が良いエリオは即座に拒否できず、かといって受け入れるにはやはり抵抗があった。

『後一押し』と気付いたヨールムが口を開く。

「彼女を自分達の行商に連れ回してもいいのですが……。腕を怪我している上、男達しかいない馬車で、知らない土地を回るより、信頼できる人――エリオさんに預けた方が彼女の心身のためにも良いと思うんですよ。当然、自分もエリオさんなら、安心して彼女を任せられると考えています」

「…………」

　ヨールムの言葉に、エリオが押し黙ってしまう。

　考え込む彼に対して、ネア（フィネア偽名）は顔を上げ、助けを求める子猫のように上目遣いで願い続けた。

　二人の攻勢にエリオはあえなく陥落する。

「……分かりました。彼女をお預かりします。ただし一つ条件があります」

「条件ですか？」

ヨールムの返答にエリオは真剣な表情で問う。

「彼女が追われている『とある事情』というのを教えてください。もし彼女が罪を犯し、逃げ回っているんだとしたら、協力はできません」

「安心してください。あたしは罪を犯して逃げ回っているのではありませんから。とある事情というのは……実家の権力闘争に巻き込まれてしまって」

ネア（フィネア偽名）は、ヨールムにも説明した事情を話す。

ケンタウロス族国の長年の問題、ダンジョン派vs遊牧派に意図せず彼女は巻き込まれてしまった。身柄を保護してもらうため、今勢いがある『巨塔の魔女』に助けを求めたい。しかし、『巨塔街』に直接行っても門前払いされるのがオチ。なので、『巨塔の魔女』と近しい人種王国女王リリスを経由して保護してもらう予定らしい。

ネア（フィネア偽名）は、ケンタウロス族国内部でもそこそこ地位の高い出身のため、人種王国女王リリスも無下にはできないだろう。

ネア（フィネア偽名）は、念のため名前も偽名を伝え、追われている理由も、自分がケンタウロス族国の姫なのも全て誤魔化した。しかし、一〇〇％作り話だと嘘っぽくなるので、若干（じゃっかん）の真実『権力闘争』、『自分の出身の地位が高い』、『ダンジョン派vs遊牧派問題』などを混ぜ込（こ）み嘘臭（うそくさ）さを消した。

お陰（かげ）でヨールムも納得（なっとく）させることができた。

一通り話を聞いて、エリオも納得する。

「以前、ミヤも『巨塔の魔女』様には獣人種達から助けてもらったことがあるので、お願いすれば保護してもらえます。正しい選択ですよ」

以前、獣人連合国は竜人帝国（ドラゴニュートていこく）側『マスター』達に唆（そそのか）されて、『巨塔の魔女』に宣戦布告。

その際、人種を違法（いほう）に誘拐（ゆうかい）した。

エリオの妹であるミヤと友人のクオーネはこの人種誘拐に巻き込まれたのだ。

しかし、『巨塔の魔女』——ライトの指示によって、誘拐されたミヤ、クオーネ、人種達は無事に助け出された。

故にエリオは違法に誘拐された人種達、妹ミヤを助けてくれた慈悲深（じひぶか）い『巨塔の魔女』なら、ネアも事情を理解すれば保護してくれると断言したのだ。

エリオがようやく笑顔を浮かべる。

「そういう事情なら、断る訳にはいきませんよ。ヨールムさんが戻ってくるまで、どうぞ家に居てください。部屋はさっき話した通り、妹の部屋が空いているのでそこを使って頂ければと」

「ありがとうございます、エリオさん！」

「自分からもお礼を。引き受けてくれて、ありがとうございます」

ネアとヨールムが続けてお礼を告げる。

こうして、ネア（フィネアの偽名）は暫く、エリオと一つ屋根の下で暮らすことが決定したのだった。

☆　☆　☆

ネア（フィネア）を預かって三日目。

行商人ヨールムは、話を終えると、持ってきた荷物を村人達に販売した。

販売を終えると、一泊し、翌朝には次の村へと向かい移動。

ネアは話した通りに、ミヤの部屋を利用してもらうことになる。

着替えや日用品は行商人ヨールムから宝石で購入済みだが、どうしても足りない物もあった。その場合、エリオからミヤの私物利用をさせてもらうことの許可を取り済みだ。

フィネアを受け入れたエリオは当初、

（ヨールムさんが行商から戻ってくるまでの短い間とはいえ、引き受けた以上、村での生活、村民との橋渡し、問題が起きた時の対処なんかを俺がしっかりとやらないと……）

彼女を預かる費用を受け取っている以上は、立派な仕事だ。

エリオは真面目にネアの面倒を見ようと考えていたが……。

「ネアちゃん、うちで穫れた野菜、持っていて！」

「いいんですか！　ありがとうございます！」

「ネアおねえちゃん、遊ぼう！」

「ネアの姐さん、昨日は開墾地の切り株除去の手伝いありがとうございます！　またお力が必要になったら手伝いをお願いします！」

フィネアは老若男女の村人から分け隔てなく可愛がられ、頼りにされていた。三日目にして、まるで長年村に居る者のように馴染んでいるのだ。

（下手したら俺より馴染んでいないか……？）

エリオも別に口下手ではない。むしろ冒険者時代は、リーダーとして積極的に他者とかかわってきたし、この村では自警団の指導役もやっている。そんな彼でも、フィネアのコミュニケーション能力の高さには舌を巻くしかなかった。

彼女の現状に驚いていたエリオに、彼女が気付き手を振ってくる。

「エリオ兄、おつ～。どうしたの驚いた顔をして？」

「いや……あまりにネアが村の皆と馴染んでいるから驚いちゃって……」

「ふふん！　あたし、自慢じゃないけど、三日あれば一部の例外を除いて、誰とでも仲良くなれる自信があるのよね！」

フィネアが両腕を腰に当て、控えめな胸を張りどや顔を作った。

側にいた村の奥様が『ネアちゃんはすぐに他の人と仲良くなれて偉いね』と撫で、子供達が『ネアおねえちゃん、凄い！』と囃し立てる。若者達も、尊敬の念を向けていた。

彼女の言葉通り、すぐに村の者達と仲良くなったようだ。

（俺自身、気付けば違和感なく彼女のことを『ネア』って呼んでいるからな……）

当然、エリオもその対象で、気付けばいつのまにかネアからは『エリオ兄』、エリオは彼女のことを『ネア』と呼び捨てにしていた。

こう呼び合うようになったのもフィネアが、『一緒に生活するんだし、堅苦しいのはなしにしましょう！　あたしのことは妹みたいに「ネア」って呼び捨てにしていいよ。あたしもエリオ兄って呼ぶから』と提案されたからだ。

最初こそ、『ネア』と呼び捨てにするのは気恥ずかしくて、戸惑った。しかし彼女の態度があまりに自然で、気付けば呼び捨てで親しげにやりとりするようになっていた。

エリオの実妹ミヤは、見た目通り大人しい少女で、人見知りだ。

妹とは正反対な性格にもかかわらず、気付けば実の兄妹のように感じてしまっているのは、フィネアのコミュニケーション能力の高さによるものなのだろう。

エリオはフィネアの立ち振る舞いに関心しつつ、奥様方から渡された野菜を受け取り、自宅へと一緒に戻る。

戻りながら会話を重ねる。

「野菜をいっぱいもらったから、今晩は野菜メインで料理を作るよ。ネアも皮むきとか手伝い頼むね」

「は〜い。でも、羊か、せめてトビジカが手に入れば、丸焼きができるのに……」

彼女はエリオの言葉に了承しつつも、自分の得意料理が作れないことに不満を表していた。

彼女が言う『簡単な料理なら作れる』は、『丸焼き料理』だったのだ。

エリオの言葉通り、まず丸焼き用の肉塊を入手するのが難しい。何より、毎日『丸焼き料理』など食べられない。

「エリオ兄は信じていないかもだけど、あたし、ほんとに『丸焼き料理』は上手だってママや他の皆にも褒められているんだからね！　火の入れ方が上手だって！」

「いや、一般家庭で丸焼きはちょっとね。ケンタウロス族国では、むしろ丸焼きが一般的なの？」

「遊牧派――草原を回って家畜に草を食べさせているケンタウロス種からすると、一般的だよ。家族が多いのと、食べられるのが羊とかしかないっていうのもあるけど」

フィネアが続ける。

「他にも友達と一緒に草原に狩りに出かけて、トビジカを仕留めた後、締めて家族にお土産として持ち帰るの。内臓は持ち帰るまでもたないから、その場で食べちゃうけど。新鮮だから、生のまま食べられて美味しいんだから！」

（ケンタウロス族国内部でもそこそこ地位の高い出身って言っていたけど……普通、狩りをして、生肉を食べたりするのか？）

トビジカは、草食動物で雄雌共に翼のような角が生えている。駆けている姿が、角で羽ばたいているように見えるため『トビジカ』と呼ばれていた。

一方、エリオとしては、『高貴な出身』という割にワイルドな生活様式に内心で若干引いてしまっていた。

フィネアが小首を傾げる。

「どうしたのエリオ兄、変な顔して？」

「い、いや、何でもないよ。それよりうちの村の開墾（かいこん）の手伝いって、いつのまにしたんだ？」

「昨日だよ。切り倒（たお）した木の根っこを取り除くに手間取っていたから、あたしがこう『えいっ！』って代わりに引っこ抜いてあげたの」

エリオは内心での考え事を誤魔化すため話題を振った。

フィネア（ネア）は両手で抱（かか）えているカボチャのような野菜を木の根に見立てて、エリオの問いに言葉と行動で表現。

エリオは両手に抱えている野菜を持ち直しながら、視線を彼女の腕へと向ける。

「腕の怪我を治療してもらったばっかりだろ。そんな無茶（むちゃ）をして傷口が開いたらどうするんだよ」

「大丈夫大丈夫（だいじょうぶだいじょうぶ）。こんな傷、舐（な）めておけば平気よ。薬師様に見てもらえたのはありがたいけど、これぐらい本当なら唾（つば）をつけておけば治るわ。エリオ兄達が、心配性（しんぱいしょう）過ぎなのよ」

（ワイルド過ぎるだろ……。本当に『高貴な出身』なのか……？）

隣（となり）を歩く少女の『高貴な出身』云々（うんぬん）という言葉が、彼女の行動から段々と嘘くさくなっているのをエリオは感じていた。

彼の疑いに一切気付かず、フィネア（ネア）は笑顔で告げる。

「ここはいい村よね。みんな優（やさ）しいし、土は肥えていて野菜も家畜も大きく育って、何より水が飲み放題！　ケンタウロス族国じゃ考えられないわ！」

「そうなの？」

「基本、ケンタウロス族国で水は貴重だから」

ケンタウロス族国は降水量が少なく、水資源が乏しい。

土も貧弱で、ろくに野菜も育てられなかった。

遊牧派は家畜に草を食べさせて乳を飲料に、肉を食料にして生活している。

首都で暮らすダンジョン派はまだ裕福な生活をしている。ダンジョンで得たマジックアイテムで外貨を稼ぎ、国外から小麦、野菜、香辛料などを確保。水もマジックアイテムで作り出している。

遊牧派での生活が多いネア——フィネアからすれば、エリオの村だけではなく、人種王国の生活は非常に豊かで夢のような生活と言えるだろう。

「ケンタウロス族国って大変なんだな……」

「でも、慣れれば平気だし、どこまでも見渡すほどの平原、走り抜ける風、暮れる夕日……素敵なものも多いから。あたしは好きよ、自分の国が」

エリオの同情的な声に、ネアは卑屈ではない満面の笑顔で返した。

本心から自国を好きだという気持ちが伝わってくる良い笑顔である。

その笑顔にエリオは気持ちをくすぐられる。

話が終わると、ちょうど自宅に着いた。

野菜と荷物を置くと、すぐに再びエリオが出かける。

「ちょっと用事で出かけてくるよ。そんなにかからず戻ってくるから」

「どこに行くの？　暇だし、手伝おうか？」

「あ、えっと……」

エリオの返答が詰まった。

フィネアが察する。

「そうだよね……エリオ兄だって、男だし、色々用事があるよね！　大丈夫、あたしにも兄が居るって言ったでしょ？　その兄も色々女性と遊んでいるのを知っているから。そういう理解はちゃんとあるから大丈夫！」

「違うよ！　それは誤解だって！」

彼女が変な誤解をした。エリオが訂正のため叫ぶが、『照れなくても大丈夫』とフィネアは理解ある妹を演じる。

エリオは誤解をとくため、彼女を用事――墓参りへと一緒に連れて行く。

村の共同墓地。

最初に向かったのはエリオ達の両親の墓だ。

周辺に伸(の)びた草を刈(か)って、汚(よご)れを落とし、摘(つ)んできた花を供(そな)える。

次に向かったのは……。

「エリオ兄、このお墓は？」

「俺とミヤの仲間――一緒に冒険者をやっていたメンバーのお墓だよ。両親と違って遺体までは持ち帰れなくて、遺髪(いはつ)しか入っていないけどね」

「………」

エリオは声や態度が暗くならないよう気をつけつつ、説明した。

彼の言葉にフィネア(ネア)は、やや衝撃(しょうげき)を受ける。

(兄妹で生活しているって聞いたから、ご両親は……って気付いたけど。元冒険者メンバーもだなんて……)

パーティーメンバーが命を落とす――という話は、フィネア(ネア)自身、幼い頃(ころ)からダンジョンが側にある首都で生活していたため、よく耳にしていた。

とはいえ、彼女自身、パーティーメンバーや近しい者が亡(な)くなった経験はまだない。

(けど、もしパルが命を落としていたら……ッ！)

フィネア(ネア)にとって幼馴染(おさななじ)みで親友、護衛者で世話人であるパルが、『エリオの元パーティーメンバーのように命を落としたら……』と考えただけで、呼吸が上手くできないほど苦しくなる。

フィネア自身を捕らえるためパルには人質としての価値があるが……。それがいつまで続くかなど、彼女には分からない。

パルの下へ駆け出したい衝動に駆られるが、どこに捕らえられているか分からない上、そんなことをしたら彼女の献身が無駄になってしまう。

ジリジリと内側から炎で焼かれるような苦痛に、フィネアは両手で胸を衣服の上から押さえてうつむく。

ギムラとワーディーの墓を掃除中だったエリオが、彼女の苦しむ姿に気づく。

「ネア、どうしたんだ⁉　胸が痛いのか⁉」

「エリオ兄……」

慌てるエリオに、硬い声でフィネアが問いかける。

「エリオ兄は……パーティーメンバーの人達が亡くなったことをどうやって乗り越えたの？　どうすれば乗り越えられるの？　あたしは……あたしには絶対に無理！　もしそうなったらって考えただけで……ッ」

うつむいたフィネアの瞳から、涙がこぼれ落ちた。

幼馴染みで親友のパルが、命を落としたら……。

自分は決して その現実に耐えきれないと、彼女は自覚してしまう。

「…………」

エリオは僅かに思慮すると、悲しげな表情で改めて二人の墓へと向き直る。

「……ギムラとワーディーが亡くなったことを、未だに乗り越えてなんていないよ」

「えっ……」

フィネアの考えていた返答とは全く違う。想定外の答えに彼女は思わず顔を上げる。

エリオは彼女に背中を向けたまま、墓の手入れを再開する。

「ドワーフ王国のダンジョンで冒険者殺し——エルフ種に襲われた時、リーダーである俺が別の選択を決断していたら、二人は死なずに済んだかもしれない。いや、そのもっと前、あの日、金を稼ぐためあんな奥地まで行く決断をしなければ……。二人が亡くなってから、そんなことばかりを考えているよ」

「…………」

「でも、それでいいとも思っている」

二人の墓の掃除を終え、エリオは新しい花を供える。

「乗り越えていないから、未だに二人のことを考えている。乗り越えない限りギムラとワーディーのことを絶対に忘れることはできない。そして、あの絶望を、後悔を、苦しみを忘れないから、俺は足掻き続けることができる。諦めず最後まで足掻き続ければ、奇跡がおきることがあると知っているから」

エリオは『元冒険者、実戦経験有り』の経歴を買われて、村の自警団のリーダーを任されていた。村の若者達を指導後、時間を作り毎日剣を振り、盾を握りしめている。

少しでも強くなるためだ。

だが、エリオ自身、どれだけ努力しても『冒険者殺し』エルフ種、カイトに勝利できるなど考えていない。しかし、足掻き続けたから、自分と妹ミヤはダーク達に助けられた。たとえ敵わなくても、足掻き続ければ、可能性が一％以下だとしても生きる目がある。足掻かなければ、そのほんの少しの可能性すら消えることを、文字通り血を流し、エリオは痛いほど理解していた。

（エリオ兄は強い人だ……）

フィネアは、別にエリオの戦闘能力を評価している訳ではない。むしろ、素手の腕力勝負なら、自分が圧倒的に勝利する自信すらあった。

彼女は戦闘能力ではなく、エリオの『心の強さ』を羨ましそうに、敬意を評するように、祈りを捧げる彼の背を見つめてしまう。

「エリオ兄があたしの本当の兄ならよかったのに……」

「……………」

意識して出た言葉ではない。

自分の腹違い（はらちが）の兄サントルは『暴力』を強さと考えている。それが『強さ』だと疑いもしない。

それなのに、サントルは他者の強さを考えようともしない。『巨塔の魔女（きょとうのまじょ）』の強さ、彼女がもたらす世界への変化を見ようともしない。

エリオと比べると、兄サントルのなんと薄（うす）っぺらいことか……。

仮にエリオが本当に自分の兄なら、彼女はここまで苦労しなかっただろうと考えずにはいられなかった。

一方、その呟き（つぶや）を耳にしたエリオは……。

（『エリオ兄があたしの本当の兄ならよかったのに……』、か。権力闘争で追われていると言っていたが、ネアを追っているのは兄なのか……）

権力を握（にぎ）るために兄が妹を追っている。権力闘争でよくある話だが……。

命を懸（か）けて彼の妹ミヤを逃がそうと『冒険者殺し』エルフ種カイトと正面から戦ったエリオからすると、『権力闘争のために妹を害する』などという考えは正直一切理解できない。

とはいえ、安易に踏み込んでいい話題でもないため、エリオは聞こえないふりをする。

彼は祈りを終え、両手の汚れを叩いて落とし、立ち上がる。

エリオはハンカチを取り出し、フィネアに差し出しながら告げる。

「用事も終わったし、帰ろうか。家に帰ったら、早速、夕飯の準備をしよう」

「エリオ兄……かっこつけすぎ。あたしを惚れさせたいの？」

「ち、違うよ！　別にそんなつもりでハンカチを差し出したわけじゃ――ッ！」

「あははは、冗談よ、冗談！　もう慌て過ぎ！」

フィネアはハンカチを受け取ると、流れた涙を拭う。

自分の台詞に慌てるエリオに笑顔を零す。

笑い過ぎて先程とは違う意味で涙が零れたため、受け取ったハンカチで再び拭う。

二人は本当の兄妹のようにたわいない会話を交わしながら、帰宅するのだった。

■第五話　情勢

ケンタウロス族国、首都。

族長達が住む大きな布テントの一角で、フィネアを裏切ったアロが帰国し、族長の孫である元『種族の誓(ちか)い』メンバーのサントルに現状の報告をしていた。

一応、他者に聞かれないよう人払(ひとばら)いをさせていた。

二人は直接、毛皮の上に座り向き合う。

「申し訳ありません、サントル様……フィネアを逃がしてしまい。一応、彼女の目的地である人種(ヒューマン)王国周辺に、サントル様から任された部下達に彼女が訪(おとず)れないか監視(かんし)するよう指示を出しておきましたが……」

「ご苦労だったなアロ。話を聞く限り、フィネアの護衛が思った以上に優秀(ゆうしゅう)だったのが災(わざわ)いしたな。だが、あいつの行く先など限られている。なら、そのうち見つかるだろう。ケンタウロス種の女が一人うろついていたら目立つからな」

「サントル様……ッゥ！　寛大(かんだい)なお言葉ありがとうございます！」

アロはフィネアを逃がしたことで、彼から叱責を受けることを覚悟していた。しかし、サントルは叱責どころか嫌味の一つも口にせず、アロを労った。その寛大な態度にアロは感激し、その場に両手を突き頭を下げた。

（こいつを叱責したところで、逃がしたフィネアが戻ってくる訳でもないからな。ここは寛大な態度をとって信用を買うべきだろう）

腐ってもダンジョン派閥最大の族長一族、長男。部下の心を引きつける言動は心得ている。

ここで叱っても意味がない。ならばアロの信用をより得るために優しい言葉をかけたのだ。

またサントル的には、フィネアが逃げたと言っても、すぐに発見し捕獲できると考えていた。

どのような方法で包囲網を抜け出したか分からないが、旅マント等の荷物はパルが偽フィネアを作るのに使用。現金は『すられるから』とアロが取り上げていた。せいぜい、彼女達が所持している宝石程度しか換金できる物はない。

街を回って宝石を換金したという報告はなし、旅の必需品を購入した形跡もない。故にたとえ街から抜け出せても、そう遠くまでは移動できないと踏んでいた。

　あとはフィネアらしき噂を辿り、彼女を取り押さえればいい。もしくは彼女が人種王国に向かうのならその途中や首都で捕らえてもいいのだ。

　諦めてケンタウロス族国に帰国しようにもサントルの部下達が張っているため、彼らの目をかいくぐり入国は不可能。

　サントル達的には、フィネアは既に詰んでいる状況だった。

　それもありサントルは、アロに対して寛大な態度をとっているのだ。

　頭を下げるアロに、サントルが問いかける。

「フィネアは逃がしたが、あいつの護衛……パルといったか？　そいつは捕らえたんだろう。フィネアにかんして何か口にしたか？」

「いえ、まったく」

　アロが顔を上げて、困った表情で首を横へと振った。

「捕らえる際も激しく抵抗したので、遠距離から矢で無力化。その後、逃げられないように足の骨を折り、情報を引き出すため殴り、蹴り、両手の爪も剥がす拷問にかけたのですが……」

「ふん！　一切話さないか。忠誠心も高いな。……で、殺したのか？」

「いえ、パルはまだフィーとの交渉材料になるため、死なない程度に治療し、現在は地下牢に閉じ込めています」

パルは、現在は帰還組と一緒にケンタウロス族国に帰国し、首都にある地下牢に監禁されていた。

彼女にとってまだ幸運だったのは、フィネアとの交渉材料になるため死なれては困る。だから、拷問はされたが、身体に深い傷をつけられたり女性の尊厳を奪うようなことはされなかった。そこまでおこなったらパルは自ら死を選ぶからだ。

一通り話を聞いたサントルは、身を乗り出し、アロの肩を叩く。

「状況は理解した。アロのお陰でフィネアが『巨塔の魔女』に頼る売国行為をいち早く知り、すぐに対応することができた。さすがオイラの右腕だな！　これからも頼りにしているぞ！」

「は！　ありがとうございます！」

「移動や指示だしなどで、色々疲れているだろう。まだフィネアを捕らえていないから、遊牧派の本拠地に戻ることもできまい。フィネアを捕らえたという報告が来るまで、暫く首都で姿を隠しつつ、のんびり過ごせ。全ての金は全部オイラが出してやるから！」

「サントル様……本当にありがとうございます！」

首都での生活費、遊興費は全額サントルが持つと断言。サントル的には『金でアロの信用が買えるなら安いものだ』と考えての発言だ。

遊牧派トップの血縁者がスパイというメリットは、それだけ大きい。


アロがサントルに尻尾を振っている頃――。

ケンタウロス族国首都にある、とある地下牢で、パルは傷だらけのまま、粗末なベッドに横になっていた。

姿を消したフィネアとの交渉材料になるため最低限の食事、飲料、治療は受けているが、あくまで最低限だ。

衣服はそのままのボロボロ状態で、殴られ、蹴られた箇所は青あざ、切れて血が固まったり、腫れて片目が塞がり、両足は逃げられないように折られている。

指はもっと悲惨だ。爪は全て剥がされ、一部は武器を持たないように折られていた。

苦痛は未だに続いているが、パルには一切後悔はない。

お陰でフィネアを逃がすことができたのだ。

後はフィネアが上手く『巨塔の魔女』をケンタウロス族国に連れてきてくれればいい。

（ウン……フィーなら、この程度の苦境は乗り越えて、必ず『巨塔の魔女』を連れてくる。あの子が男なら、サントルに代わってケンタウロス種トップに立てる器なのに……。本当

に生まれる性別を間違えている）

痛みに苦しみながらも、フィネアが男ならと思考し、微かな笑みを浮かべた。

「フィー……」

パルは苦しそうに呼吸を繰り返すも、親友が必ず戻ってくる、助けてくれると信じて、薄暗く不衛生な地下牢で、痛みに耐え続けるのだった。

☆　☆　☆

訓練所の側にある井戸で、剣と盾の練習を終えた村の若者達が汗を流す。

「はぁー、冷たくて気持ちいいな」

「そうですね、エリオさん！」

「痛てて……。汗が流せるのは気持ちいいっすけど。できればもう少し手加減して欲しいっすよ」

「本当ですよ」

太陽が昇り始めた早朝に起き出し、村人達は畑の世話をする。

畑の世話を終えると、村の若者達が集まって元冒険者であるエリオの指導の下、剣と盾の基本的な扱い方を教わっていた。

別に村の若者達は冒険者や兵士を目指して訓練している訳ではない。

少しでもエリオから技術を学び、モンスター（メインはゴブリンなど）との戦闘で、怪我をしたり死なないようにするのが狙いだ。

エリオは村を出てダンジョンで冒険者として活動していたこともあり、村で一番の戦闘技能を持っている。

故に教師役として抜擢されたのだ。

だが別にエリオも何かしらの剣術を修めた訳ではない。

ドワーフ街のダンジョンで知り合ったゴールドから、基礎的な教えを受けただけである。

それでも村の若者達が複数相手でも負けないほどの技量は持つ。

モンスターが跋扈する地上だけあり、戦闘能力を持つ男性は一目置かれる傾向があった。

当然、異性からも注目される。

エリオが訓練をしている若者の一人が、水で濡らしたタオルで汗を拭いながら話を振る。

「そういえばミヤちゃんが学園に行っちゃって、入れ替わりに薬師ばあちゃんの孫が帰ってきたじゃないですか。その娘とエリオさんって、付き合っているんですか？」

「いや、別に付き合っていないよ。ていうか、どうしてそんな話になるのさ」

「違うんですか？　最近、よく薬師ばあちゃんの家に出入りしているから、婿入りか、嫁入りが決まったってもっぱらの噂ですよ」

「あー、その噂、自分も聞いたっすわ。でも、エリオさん家の三軒隣の長女が諦めきれなくて、近々エリオさん争奪戦に参戦するとか」

「いや、本命はフィネアの姐さんだろう。一つ屋根の下で一緒に暮らしている訳だし。もう実質夫婦みたいなものでしょ」

「マジかよ！　エリオさん、モテモテだな！　さすが俺達の隊長だぜ！」

　エリオが教えている若者達が半裸で、楽しげに騒ぎ出す。

　当事者のエリオは心底げんなりした表情を作り、肩を落とした。

「全部、出鱈目な噂話だ。薬師様にはミヤがお世話になっていたから、男手が必要な時に力を貸しているだけで、他の娘達からアピールなんてされたことないよ。フィネアはこの村に宿屋がないから、行商人のヨールムさんから金銭をもらって世話を任されているだけだし」

　村の者達には、フィネアのことを『行商人ヨールムの知り合い』としか紹介していないい。権力闘争に巻き込まれているなどわざわざ知らせる必要はないためだ。

「でもエリオ隊長マジ強いですから。彼女達ももしかしたらマジかもしれないですよ」

小さな村で、まともにモンスターと戦った経験もない村の若者達が相手だ。

元冒険者とはいえ、エリオは一時期はダンジョンに潜ってモンスターと戦い、日々の糧を得ていたいわばプロの端くれである。

ゴールドに教わった技術を愚直に守って努力し続けてきたこともあり、技量は前に比べて上がっているが……。

彼は恋愛話以上に真面目な表情で否定する。

「俺なんて全然強くないよ。師匠のゴールドさんと比べるのもおこがましいし、ダークさんになんて手も足も出ないよ」

これが嘘偽りないエリオの本音だ。

訓練して以前より強くなっているつもりだが、ゴールドやダークには触れることすらもできないだろうと簡単に想像できる。

もちろんゴールドがレベル五〇〇〇、ダークはレベル九九九九なんて馬鹿げたレベルだということをエリオは知らない。

ただ僅かな時間しか接していないが、『自分は到底彼らに勝てない』と無意識に思ってしまうほどゴールド達の強さを肌身で感じているのだ。

とはいえ、村の若者達を圧倒する強さのエリオが、『手も足も出ない』なんて口にしたら、

『その彼にも勝てない自分達はどれだけ弱いんだ』と思ってしまうかもしれない。

そのため、エリオは彼らをフォローするように言う。

「だから皆も努力すれば俺ぐらいにはすぐ強くなれるさ。そしたら村の娘達にも注目されるようになるんじゃないか」

「!? なるほど、さすがエリオさん！」

「お、おれ、隊長に一生ついて行きます！」

「自分が頑張ってエリオ隊長ぐらい強くなれば、み、ミヤちゃんとワンチャン……」

「ミヤが嫁に欲しかったら、ガチの戦闘で俺を倒してからにしろよ？」

妹であるミヤに恋慕する若者に、エリオが声を低くした。

訓練に熱を入れてもらうため、士気が上がりそうなことくらいは言うが、妹であるミヤとお近づきになりたいと願うなら話は別だ。

とはいえ声に力を込めている訳ではないため、皆、冗談だと分かっている。兄馬鹿なエリオの態度に、若者達は笑い声をあげた。

「エリオくん！ 久しぶり！ ようやく戻ってこられたよ！」

「ヨールムさん!?」

声に振り返ると、村に行商に来るヨールムが顔を出す。

フィネアが待ち望む行商人ヨールムが、予定していた行商を終えてエリオの村へと戻ってきたのだった。

ヨールムは馬車を預けて、二人が待つ家を訪ねる。

エリオはヨールムを自宅に招き入れ、テーブルに座らせてお茶を出す。

「聞いていた予定より随分早かったですね」

「あまりフィネアさんを待たせるわけにはいきませんから、頑張って急ぎ行商してきましたよ。そして行商中に朗報を耳にしたので『これはすぐにフィネアさんにお伝えしないと』と思いさらに急いだんですよ」

「あたしにとって朗報？」

彼は一口出されたお茶に口を付けてから、『朗報』について得意気に語る。

「なんでも魔人国首都が滅ぶほどの怪物が出現して、そのせいで魔人国国王が亡くなり、第一王子ヴォロスは行方不明。しかし、『巨塔の魔女』様がその怪物を退治し、混乱する魔人国を一時的に支配下に置いて、国内を安定させたとか。結果、ナイン公国会議で一番人種王国女王リリスの就任を敵視していた魔人国が、『巨塔の魔女』様の顔を立てて賛成に回ったらしいのです。それを記念してか、近々、人種王国で『人種王国女王就任式典』

と呼ばれるお祭りが開催されるらしいんですよ。その祭りに『巨塔の魔女』様もご参加するとの噂があるのです。これでわざわざ紹介状をもらい、『巨塔街』に向かわなくても『巨塔の魔女』様とお会いすることができるかもしれませんね！　フィネアさんは運が良い！

……フィネアさん？」

「フィネア……顔が青いけど、具合が悪いのか？」

喜々として朗報だと思い伝えたヨールムが、報告を聞き顔色を悪くするフィネアに驚く。

隣りに座るエリオも、彼女の顔色の悪さに気付き心配そうに声をかけた。

フィネアは口元を押さえつつ、軽く片手を上げて答える。

「だ、大丈夫……ヨールムさんのお話を聞いて、あまりに都合が良すぎて、ちょっと信じられなくて……」

適当なそれっぽい台詞を漏らし、二人を安心させた。

だが、実際は……。

（アロ兄――アロが凄いって言ってた魔人国を滅ぼすほどの怪物を『巨塔の魔女』が倒した⁉　そして、魔人国を傘下に収めて、反対していたリリス女王の就任を納得させた⁉

何よ！　アロの嘘つき！　魔人国なんて『巨塔の魔女』からしたら、たいしたことない存在じゃない！　祖父はこんなヤバい存在に喧嘩を売ったの⁉　嘘でしょ⁉）

祖父（族長）、父、兄サントルは、そんな『巨塔の魔女』を『人種だから』と軽視している。

軽視している理由も、ケンタウロス種全体の生活が人種より貧しく情報にも疎（うと）いため、長年ケンタウロス種の上層部は『自分の種が最高』というプライドだけで自己を誤魔化（ごまか）してきた。結果、代々のダンジョン派族長から、その考えがケンタウロス種全体に広がった。

そんな理由で魔人国首都を滅ぼす怪物を倒せる『巨塔の魔女』を軽視しているのだ。

フィネアからすると積極的な自殺行為にしか見えない。

（あたしが急いで『巨塔の魔女』に頭を下げないと、ケンタウロス種が本気で絶滅（ぜつめつ）されかねないじゃない！）

『巨塔の魔女』は決して慈悲溢（じひあふ）れる存在ではない。

非道な方法で『巨塔の魔女』に喧嘩を売った獣人（じゅうじん）連合国の兵士達は文字通り皆殺（みなごろ）しになっている。

その刃（やいば）がどうしてケンタウロス種だけには向けられないと考えられるのか？

彼女（かのじょ）が心底震（ふる）え上がり、青い顔になるのも理解できるというものだ。

フィネア（ネア）の『大丈夫』という言葉を信じて、ヨールムが話を続ける。

「フィネア（ネア）さんを人種王国首都に送り届ける約束もあるけど、このお祭りを機会に一儲（ひともう）けしようと荷物を仕入れたんだ。けど……護衛の冒険者達（ぼうけんしゃたち）の都合が悪く護衛を断られてしまってね。さすがにここから首都まで自分とフィネアさんだけだと厳しいから、エリオくん、よかったらまた護衛仕事をしてもらえないかな？」

（護衛、人種王国のお祭りか……）

ヨールムが雇っていた護衛冒険者とは別に仲が悪く断られた訳ではない。

元々行商が終わったら契約が終了する予定だった。しかし、フィネア問題でヨールムは彼女を人種王国首都へ連れて行く約束をした。

とはいえ、冒険者側にも次の予定があり、これ以上ヨールム達に協力することができず断られたのだ。

ヨールムと気心が知れて、口が固く、急遽護衛を任せられるほど信用できる冒険者は少ない。

そこでエリオに白羽の矢を立てたのだ。

すぐには返答せず、エリオが黙っていると……。

隣りに座るフィネアが服をつまんでくる。

彼女は親に捨てられそうな子供のような表情で、エリオを上目遣いで見上げてきた。

「エリオ兄が一緒に行ってくれるなら、あたしも嬉しいし、安心できるんだけど……ダメ、かな？」

「……分かった。一緒に行くよ。必ず人種王国首都に送り届けるから」

「エリオ兄……」

エリオはフィネアを安心させるように、彼女の頭を撫で笑顔で答えた。

さすがに妹のように接してきた彼女を、ここまで来て放り出せるほどエリオは薄情ではない。

もちろん善意だけではなかった。

(ヨールムさんの仕事は払いが良いし、公国で頑張っているミヤへ少しは仕送りしてやることができるしな)

フィネアを守り、人種王国首都に送り届け『巨塔の魔女』に保護して欲しいという気持ちは嘘ではないが、妹ミヤの生活を助けるため金銭も必要だった。

時折、ミヤから手紙が届く。

学園の授業料は奨学金で賄い、生活費は目をかけてくれるドマスから斡旋される写本や雑用、また冒険者として復帰し公国周辺で攻撃魔術の練習も兼ねて活動し稼いでいる。

生活は充実しているが、同室のミヤを『聖女』に祭り上げようとするクオーネに振り回され、大変だと愚痴&気安い友人が側に居る安堵感が混ざった手紙が送られてきていた。

そんな頑張っている妹に、少しでも楽をさせたいと兄であるエリオが考えるのは当然のことだ。

故に答えは決まっている。

「ヨールムさん、よろしくお願いします」

「こちらこそ、ありがとうございます！」

「…………」

エリオ、ヨールムは席から立ち上がり、互いに握手を交わす。

そんな二人を――エリオを見て、フィネアは胸の苦しみを覚えた。

以前、お墓の前で、親友パルの死を考えて胸が痛くなった。

しかし、あの時とは違う。

胸が痛く、苦しいが、嫌ではないのだ……。

初めて味わう感覚に、彼女は両手で服の上から自分の胸を掴む。心臓が早鐘を打つのを感じとれるほど鳴っていた。

そんなフィネアの視線に気付かず、エリオはヨールムと一緒に人種王国首都までの護衛計画の打ち合わせを開始する。

こうしてエリオの『人種王国女王就任式典』参加が決定したのだった。

■第六話　人種王国首都へ

『ギギギギギギギッ！』

緑の子供程度の背丈しかないゴブリンが、奇声をあげる。

数は六匹。

腹がよほど減っているのか、涎をまき散らしながら襲いかかってくる。

「俺が三匹！　他三匹は各自一匹ずつ相手をしろ！　倒そうと思うな！　こっちが片付くまで足止めだけを考えるんだ！」

『わ、分かりました！』

村から剣と盾の扱いが上手い者×三人を選抜し、エリオと共に行商人ヨールムの護衛仕事につき、村を出発した。

道中で敵であるゴブリンに遭遇。

村外で初めての実戦ということもあり、護衛の若者×三人はうわずった声をあげた。

エリオは彼らの救援にすぐさま入るためにも、さっさと向かってくるゴブリンを片付けるため駆け出す。
バラバラに突っ込んでくる六匹のゴブリン。
エリオ達も同じように突撃する。
最初にエリオがゴブリンの一匹と接触。
『グギィッ⁉』
エリオは勢いを殺さず、ゴブリンが振り上げる棍棒ごと盾でぶん殴った。
体格は圧倒的にエリオが勝っている。
ゴブリンは棍棒ごと盾で殴られ、押し負けて仰向けに倒れる。
すぐさまエリオは剣先でゴブリンの喉を突き刺し殺す。
（残り二匹！）
エリオはさっさと敵の数を減らし、若者達の援護に回るためゴブリンを探した。
『ギギギギギギギッ！』
運良くちょうど二匹がエリオへ突撃。
彼は剣で一匹を牽制し、もう一匹の攻撃を盾で受け流し相手取る。
「え、エリオさん！　マジヤバいっす！　助けて下さいっす！」
若者×三人、ゴブリン×三匹がすでにぶつかりあっていた。

戦況はややゴブリンが押している。

若者達はゴブリン達の勢いと初めて村の外で戦う状況に浮き足立ち、押されているようだ。


（早く倒して援護に回らないと！）


胸中で焦りつつもエリオは冷静に立ち回る。

体格差を生かしゴブリン一匹を盾でそのまま弾き倒す。

その際にエリオに僅かな隙が生まれ、もう一匹がそれを逃すまいと棍棒を振り上げるが、もちろんエリオは計算済みだ。

振り返り盾で受け流し、剣で切り裂く。

その頃には盾で弾き転ばせたゴブリンも立ち上がるが、既に一対一だ。

一対一でエリオがゴブリンに負けるはずもない。

数合も交えず、最後のゴブリンを切り裂き倒す。

時間にして三分もかかっていないだろう。


「エリオ隊長！　本気で限界です！」

「たす、助けてください！」

「ふぅ……ちょっと甘やかし過ぎたのかな……」

完全にへっぴり腰になってゴブリン×三匹に押されている若者達×三人から救援を求める声が相次ぐ。

訓練では動けていたはずなのだが……。

エリオは自身の訓練内容に問題があったかとつい考え込んでしまったのだった。

☆　☆　☆

「エリオくん、凄いじゃないか。結局六匹のゴブリン、全員倒しちゃうなんて」

「最初の三匹はともかく、残り三匹は皆が注意を引きつけてくれていたからで。実質二対一を三回繰り返しただけですから」

「でもエリオ兄の言う通り、他の皆がゴブリンの注意を引いてくれたから、残り三匹は簡単に倒せたのよね。だから、みんな、そんなに気落ちしなくてもいいと思うよ」

『フィネアの姐さん……ッ！』

フィネアのフォロー台詞に、気落ちしていた若者達×三人は、救われたような表情を彼女へと向けた。

現在、エリオ達一行は、人種王国首都を目指し馬車で移動中だ。

目的は二つ。

一つは、約束通り、フィネアを人種王国首都へと連れて行くこと。

もう一つは、リリス女王が大々的に『自分こそ現在の人種王国のトップだ』と喧伝するために、『人種王国女王就任式典』がおこなわれる。行商人ヨールムは彼女の依頼とは別に、自身でも祭りで一儲けするため、荷物を持ち人種王国首都を目指しているのだ。

もちろんただフィネアを連れて移動するより、荷物があった方が行商人として自然なため、安全に移動できるという狙いもある。

ちなみにフィネアは現在、人種に変装していた。

髪をヨールムが持ち込んだ染料でエリオのように赤く染めて、ミヤの古着に袖を通している。ケンタウロス種の特徴的な足は、これもミヤの古着である長いスカート、靴を履いて隠す。

後は村の女性に手伝ってもらい別人のように化粧をして変装済みだ。

幌馬車後部に座り、ローブを頭から被り、歩いて移動するエリオ達と楽しげに会話している姿は、人種少女にしか見えない。

村の若者達には『お忍びだから人種に姿を偽っている』と適当に誤魔化している。

ゴブリンとの戦闘後、フィネアが村の若者を励ますために言ったフォローの台詞に、エリオがツッコミをいれる。

「フィネア、甘やかさないでくれ。それじゃいつまで経っても、こいつらが成長しないだろう」

　エリオは村で教えている覚えが良い若者達を社会勉強も兼ねて、護衛仕事を一緒にこなすことにしたが……。

　先程、ゴブリン×六匹の襲撃を受け、初の村外実戦で腰が引けて若者達はまともに戦えなかった。

　そんな彼らを甘やかすフィネアにエリオが苦言を呈するが……途中で自身の指導力のなさに落胆する。

「むしろ、訓練では皆あれだけ動けるのに今回の実戦は反省点が多かったっていうか……。俺の教え方が悪かったのかな……」

『ゴールドさんやダークさんなら、もっと上手く教えられるだろうな……』と一人呟く。

　そんな落ち込むエリオに若者達×三人が声をあげる。

「お、落ち込まないで欲しいっす、エリオさん！」

「今回は実剣と盾を持った初の実戦で、舞い上がってしまったというか……」

「次こそ自分達もエリオ隊長に頼らずモンスターを倒して見せますから！」

村外初の実戦で、手にあるのは実剣と盾。

そのせいで緊張してまともに動けなかったと若者達は主張した。

若者達の主張にエリオは『本当に大丈夫かな……』と心配の表情が晴れない。

微妙な空気になりかけたのを察して、御者を務める行商人ヨールムがなるべく明るい声で話題を振る。

「しかしエリオ君達が護衛してくれるお陰で、もう人種王国首都は目と鼻の先。これなら大きなトラブルもなく辿り着けそうだね！」

「もうすぐ人種王国首都が……ッ」

フィネアが振り返り、馬車が進む先――人種王国首都がある方角を見つめた。

『人種王国女王』、『巨塔の魔女』との交渉次第で自分とパルだけではなく、ケンタウロス種の未来が決定する。最悪の場合、『絶滅』ということもありうるのだ。

反射的に震えて、フィネアは自分自身の体を抱きしめる。

「？　どうしたフィネア、寒いのか？」

「ううん、違うの。もうすぐ人種王国首都に到着すると思うと緊張しちゃって……」

「そうか……」

誤魔化すように笑う彼女に対して、エリオはそれ以上何も言わなかった。

（たとえ無事に『巨塔の魔女』様に保護されても兄に命を狙われている事実は変わらない……。そりゃ心中複雑だよな）

ギムラとワーディーの墓を掃除していた時に、一緒に居た彼女が漏らした台詞をエリオは耳にしている。お陰で彼女が兄との権力闘争に巻き込まれているのを知った。

たとえ、『巨塔の魔女』に保護されても、兄と敵対している事実は消えない。色々思うことはあるだろうと、エリオは一人納得したのだ。

そんな二人だけのやりとりを見た若者達は……。

「やっぱり姐さんとエリオ隊長って……」

「そりゃ、一つ屋根の下でずっと過ごしていたら、な！」

「さすがっす！　エリオさん！」

エリオと一緒に歩く若者達の馬鹿話は、声量の問題から当然、彼も耳にした。

『オマエら――ッ⁉』と、周囲の警戒を緩めて雑談する彼らを叱り飛ばそうとしたエリオだったが、その台詞は途中で止まる。

一番最初に、エリオが気づく。

「フィネア！　馬車の奥に隠れていろ！」

「……ッ⁉　わ、分かった！」

フィネアは疑問を挟まずエリオの指示に従う。

彼女が奥へ隠れると同時に、ヨールムと若者達もようやく気づく。

二人のケンタウロス種が、後方から駆けてきたのだ。

「おい！　そこの馬車！　止まれ！」

「止まらぬと矢を射るぞ！」

武装したケンタウロス種男性二人が、その速力を生かし高速で接近。

弓に矢をつがえて、叫んだ通り止まらない場合は射ると態度で示す。

もちろんサントルの部下で、フィネアを探している者達だ。

ケンタウロス種の速力は馬と同程度。馬車を走らせても、あっさり追いつかれるだろう。

逃走は不可能なため、御者を務めるヨールムが馬車を停止させる。

ケンタウロス種×二人も馬車に倣うように速度を落とす。

ケンタウロス種は一人が弓に矢をつがえたまま、もう一人は腰から下げている鉈に手をかけ近づいてくる。

「とあるケンタウロス種女性を探している。荷馬車を確認させてもらうぞ」

「この馬車の護衛を任されているエリオといいます。突然、荷物を確認させろと言われ──」

「黙れよ、ヒューマン(劣等種)。オレ達は命令しているんだ。ヒューマン(劣等種)は大人しく指示に従っていればいいんだよ。おい、この護衛達が少しでも変な動きをしたら、撃(う)て」

「分かってる。任せろ。ヒューマン(劣等種)程度、射貫(いぬ)くなんて目を瞑(つぶ)っていても余裕(よゆう)だぜ」

歩み寄ってきたケンタウロス種男性は、荷物の前に立ちふさがろうとするエリオを蔑(さげす)み、村の若者達がいる方へと突(つ)き飛ばす。

「あ、あの荷物を荒(あ)らすのはご容赦(ようしゃ)ください！　この荷物は人種王国首都でおこなわれるお祭りに卸(おろ)す品物で……」

「荷物を盗(ぬす)むつもりも、壊(こわ)すつもりもないから黙ってろ！」

御者を務めるヨールムが恐(おそ)る恐(おそ)る声をかけるも、ケンタウロス種×一人は遠慮(えんりょ)なく馬車後部へ乗り込む。

当然、すぐに隠れていたフィネアに気づく。

「おい……女が隠れているぞ！」

「マジか！　おれ達、当たりを引いたのか⁉」

「彼女は俺の妹です！　足が痛いというので馬車に乗せていただけです！」

エリオがフィネアを庇(かば)い声を上げた。

ケンタウロス種×二人が互いに顔を見合わせ、フィネアに指示を出す。

「人種っていうならフードを取って顔を見せろ」

「…………」

フィネアは黙って従いフードを取った。

エリオとお揃（そろ）いの赤髪、かざりぼくろ、印象を変える化粧をしているためフィネア本人と即断（そくだん）することはできなかった。

エリオ達を警戒し、矢を向けているケンタウロス種男性が声をかける。

「おい！　間違いないか!?」

「ちょっと待て！　……」

彼女の顔を確認するケンタウロス種男性が似顔絵を取り出し二、三度、絵とフィネアを見比べた。

時間にして数十秒——事情を知るフィネア、エリオ、ヨールムに緊張が走る。

「…………別人だな。髪（かみ）の毛が赤いし、目立つところにほくろもあるしな」

「チッ！　また外れかよ」

フィネアを確認していたケンタウロス種男性が、彼女を『偽者（にせもの）』と判断。エリオ達を警戒するケンタウロス種は、何度目か分からない空振（からぶ）りに、苛立（いらだ）った声をあげてしまう。

「一応、足を見せろ。本当に人種か、ケンタウロス種か確かめておきたいからな」

『!?』

フィネア、エリオ、ヨールムが安堵したのも束の間、足を見せるように指示を出してきた。さすがに高度な魔術なら、視覚的に隠蔽は可能だ。しかし、この世界の一般的な技術でケンタウロス種の足を人種に変えて見せるのは不可能である。

故にサントルの部下であるケンタウロス種は、『一応、念のため』に足を確認させせろと言い出したのだ。

エリオがこの言葉に素早く反論する。

「妹は嫁入り前なんですよ！　夫や親族以外に足を見せる訳に——」

「足ぐらいでガタガタ言うな！　こっちは足どころか裸に剥いて馬車の外に放り出してもいいんだぞ！」

「……ッ！」

「おい！　下手な動きはするなよ！　ヒューマンごとき、おれなら目を瞑っていても当てられるんだからな！」

「え、エリオさん……」

エリオは止めるために馬車へ近づこうとするが、矢を向けているケンタウロス種が蔑んだ笑みで叫ぶ。

事実、弓を持っているケンタウロス種は狩りの腕は確かで、それ以上エリオが馬車に近づいていたら、無力化のため矢を射っていた。

エリオなら盾や剣で弾き、回避可能だが……。村の若者達はどうなるか分からない。最悪、当たりどころが悪くて死亡してしまう可能性もあるため、エリオの足が鈍くなり、止まってしまう。

エリオの動きが止まったのを確認して、フィネアの前に射るケンタウロス種が指摘する。

「護衛の中で一番オマエが厄介そうだからな。そうやって馬鹿正直に突っ立ってろ。ちょっと足を確認したら解放してやるから。だいたい、こんな胸もない貧相なガキの足なんてどうでもいいだろ。それどころか、裸を見たってなんとも思う訳ないだろうが」

「ギャハハハ！　言えている！　せめてあのパルって女ぐらいには美味そうな体になってから――」

エリオ達に矢を向けていたケンタウロス種が大爆笑し、笑いながら下品な台詞を口にした瞬間――。

相方のケンタウロス種が馬車から吹き飛ぶ。

『馬車から転げ落ちた』のではない。地面と平行で暫く吹き飛び、二、三度転がり停止。

突然の異変に矢をつがえているケンタウロス種は、台詞を言い切れず、驚愕し固まってしまう。

「パルを知っているの？」

フィネアは、ケンタウロス種の特徴的な足が露出しても構わず、男性を蹴り飛ばした。『素手同士の戦いなら、サントルに勝利できる』と言われるほどの少女だ。単純な力は並のケンタウロス種男性以上で、蹴られた相手も完全に意識を失い動かない。

蹴り飛ばした彼にフィネアは一切気にせず、馬車から降りてエリオ達に矢を向けるケンタウロス種へと怒りの表情で歩み寄る。

「もう一度、聞くわ。パルを知っているのね？　知っていることを全部話しなさい……ッ」

「ぱ、パルを知っているということは、あ、貴女様は――!?」

「はぁぁぁッ！」

矢をつがえるケンタウロス種の注意がフィネアへと向かっている隙を逃さず、エリオは剣を抜き一閃！

彼が持つ弓の弦を切断する。

ケンタウロス種は弓の弦が切れたことに気づくと、戦闘経験が豊富なサントル部下だけあり、すぐさま鉈に手を伸ばすが、

「グガアァッ!?」

エリオは勢いを止めず、体ごと盾でケンタウロス種へと激突。

ケンタウロス種は心理的にも動揺し、エリオの勢いに負けてそのまま地面へと仰向けに倒れる。エリオはそのまま足で、倒れた男の顎先を狙い蹴り飛ばす。

エリオの方が倒れたケンタウロス種よりレベルが低い。しかし、さすがに無防備な状態で顎を蹴られれば意識が飛ぶのは必然である。

一瞬の出来事に、フィネアが食ってかかる。

「エリオ兄！　邪魔しないで！　こいつには聞きたいことがあるんだから！」

「ヨールムさん！　ロープを持ってきてください！　オマエ達はあっちのケンタウロス種の装備なんかを全部はぎ取れ、俺はこいつの装備を剥ぐ。装備を剥いだらロープで手足を固く縛るのを忘れるなよ！」

『わ、分かりました！』

エリオはフィネアを無視して、ヨールム、村の若者達に指示を出す。

彼らは指示に従いバタバタと動き出した。

そんなエリオにフィネアがなおも食ってかかる。

「エリオ兄！　あたしの話を聞いて！」

「……落ち着け、フィネア。お陰で彼らを無力化できたが、絶対に他にも仲間がいる。もし彼らが戻ってこなかったら、仲間達が探しに来る。悠長に尋問をしている時間はないよ」

「ツッツゥ！　な、ならこいつらを馬車に乗せて、人種王国首都で尋問すればいいでしょ！」

「装備を剥がされ、ロープで拘束され気絶したケンタウロス種達を連れて城内に入るのは不可能だ。検問で俺達が疑われて、すぐに拘束されるよ」

「くッ！」

　エリオの冷静な指摘に、フィネアは歯がみした。

　彼は作業の手を止めず続ける。

「フィネアの目的は『巨塔の魔女』様に保護してもらうことだろ？　それより優先するというのなら、この場で彼を起こして情報を聞き出すのもいいと思う。でも、これは俺の勝手な想像だけど、『パル』って人物はフィネアにとって大切な存在で、彼らに捕まっているんじゃないのか？」

「…………」

「だったら、『巨塔の魔女』様に保護してもらった後、彼女に助けを求めた方がいい。そっちの方が確実に助け出せる。俺の妹も獣人種に誘拐されたけど、『巨塔の魔女』様達が助けてくださった。『巨塔の魔女』様はお優しい方だから、きっとフィネアの力になってくれるはずだ」

「……分かった。エリオ兄の言う通りにする。ごめんなさい、大声を出して」

「気にするな。フィネアがケンタウロス種の一人を気絶させてくれたお陰で、窮地を脱することができたんだから」

エリオは彼女を見上げ、元気づけるように笑顔を見せた。

一方、フィネアは、浮かんだ涙を拭い、『パル』の情報より前へ進む決心を新たに固めた。

二人の会話が終わる頃、フィネアが蹴り飛ばし気絶させたケンタウロス種を拘束し終え、村の若者達が運びながらエリオに声をかける。

「あ、あのエリオさん、拘束、終わりました。この後、どうすれば……」

「俺の方を手伝ってくれ、終わったら、発見し辛くするために近くにある林の中へ捨ててくるぞ」

「エリオ隊長、いったい何が……」

「フィネアの姐さん、何かケンタウロス種達と揉めているんですか？」

村の若者達は、心配そうに騒動の理由を尋ねてきた。

「詳しい説明は後でする。だから、今はとにかく手を動かしてくれ」

「あたしからもお願い！　皆の力を貸して！」

エリオとフィネアに願われ、疑問を抱きながらも村の若者達は言われた通り行動を開始。人手があるため、拘束と林内側への移動も短時間で終わった。装備も林の奥へと投げ捨てた。

偽装作業を終えると、エリオが叫ぶ。

「このまま急ぎ、人種王国首都へと向かう！　ヨールムさん、馬車を走らせてください！」

「わ、分かりました！」

御者のヨールムが馬を走らせる。

エリオ達も乗り込み急がせる。馬の体力的消耗が激しいが、人種王国首都は目と鼻の先だ。

また人種王国首都近郊で、急ぎ移動する馬車など怪しいことこの上ないが、拘束したケンタウロス種×二人が目を覚まし、仲間と合流されてこちらの情報が流れるより先に人種王国首都に到着する必要がある。

ここからは時間との勝負だ。

☆　☆　☆

結果からいうと――フィネア達が人種王国首都に到着するより早く追いつかれることは

なかった。

フィネアはようやく念願の人種王国首都に到着することができたのだが……。

「不味いな……思った以上に、ケンタウロス種がうろついている……」

幌馬車の後部は布で閉じて外部から見えなくしている。その内側からエリオが外を確認すると、ケンタウロス種が多数うろついているのだ。

いくら『人種王国女王就任式典』……お祭りだからといって、人種王国首都に多数のケンタウロス種が居るのはおかしい。

何より彼らは祭りを楽しみにしているというより、『誰かを探している』ようなそぶりで二人一組で歩いているのだ。

「もしかしてあたしが入国したって、バレているから？」

「それはないと思う。なら、馬車の特徴をもとにもっと積極的に探しているだろうから」

フィネアが不安そうに告げた台詞を、エリオが理論的に否定した。

二人のやりとりを見て、荷馬車の荷物スペースに無理矢理立つ村の若者達がこそこそと話をする。

「まさか姐さんが、権力闘争に巻き込まれていたなんて……」

「権力闘争ってマジであるんすね」

「金持ち怖えぇぇ……」

フィネアは、エリオとヨールムにしたのと同じ内容を彼らにも伝えた。

若者達は騒動に巻き込まれた怒りより、フィネアに対する同情心が先に立ち、彼女を責めることは一切なかった。

エリオとフィネアは若者達の会話を聞き流しながら、二人で案を出す。

「このまま馬車に隠れたまま王城へ入るのはダメなの？」

「ヨールムさんには悪いけど、一介の行商人が王城に入るのは無理だよ。俺が遣いとして王城に……。いや、同じくただの村民じゃ相手にされないか」

「ならあたしがこの格好で行くのは？」

「王城を見張っている奴らも居るだろうが……。けど、危険度は高いが、それしか方法はないか……」

仮にフィネアが今の格好で王城へと向かったら、見張っているケンタウロス種に呼び止められ、場合によっては拘束される可能性は高い。

しかし、他に方法など……。

「!?」

「エリオ兄？」

「妖精メイド様に相談するのはどうかな？　彼女達って『巨塔の魔女』様の部下だから、事情を話せば保護してもらえるんじゃないか？」

『人種王国女王就任式典』に『巨塔の魔女』が来賓するという噂は本当らしく、彼女の部下である妖精メイドが空を飛び、地上を忙しそうに動いている。

そんな彼女達に事情を話し、『巨塔の魔女』に事情を伝えてもらうという案だ。

彼女達なら人種王国王城に入るのも難しくない。自分達は伝えてもらっている間、宿屋などで待っていればいい。

フィネアがエリオの案を手放しで褒める。

「エリオ兄、ナイスアイデア！」

「褒めてくれてありがとう。なら、その案で行こう」

「エリオ兄……護衛としてついてきてくれないかな？」

「もちろん、ここまで来たんだ。最後まで付き合うよ」

フィネアが不安そうにエリオの衣服をつまんでお願いしてきた。

エリオは彼女の不安を吹き飛ばすような満面の笑顔で了承し、荷物の間を縫ってヨールムへ近づき作戦を伝える。

「――なのでヨールムさん、適当な路地裏の近くで馬車を止めてください」

「分かりました。なら自分達は、事前にお話ししていた宿屋に居ますので、ご連絡をお待ちしています。ご武運を」

「ヨールムさん、みんな、ここまでありがとう！」

『姐さん……』

「いえいえ、自分は交わした契約を果たしているだけですから。当然、成功した暁には、約束の報酬を期待していますよ」

「それは絶対に」

フィネアがお礼を告げ、作戦成功後の報酬をヨールムへと再度約束した。

エリオはその間に、装備を確認。

馬車が近くの路地裏に止まると、フィネアの手を取り、荷台後部から降りる。

二人が降りて路地裏に姿を隠した後、再び馬車は何事もなく移動を開始した。

「………」

自分達に注意を払っている者達が居ないことを、エリオが確認。

彼の背後でフィネアはフードをちゃんと深く被っているか改めて確かめていた。

誰も自分達に注目していないのを確認すると、エリオが促し歩き出す。

「それじゃ行こうか。はぐれないよう絶対に手を離さないでね」

「分かった、エリオ兄」

フィネアは『ギュッ』とエリオの左手を握り直した。

二人は自然な態度で大通りを歩き出す。

向かう先は大広場だ。

そこで妖精メイドの一部が集まり、『人種王国女王就任式典』——お祭りの調査をしている。表向きは『巨塔の魔女』が式典に参加するため、『安全性に問題がないか』などをチェックしていることになっているが、裏の目的があり、彼女達は行動していた。

そんな妖精メイド達に近づいて声をかければいいだけだ。

周囲を確認しつつ、最初にエリオが妖精メイドに声をかける。

「すみません、少々お時間頂いてもよろしいでしょうか？」

「悪いけどあーしら、忙しいから、ナンパはお断りっていうか」

「そ、そうそう、も、もう少し空気を読んで欲しい」

ギャルっぽいのと、根暗そうな妖精メイドがエリオに声をかけられ、向き直った。

彼女達は『またか』とうんざりした表情をしていた。どうやら、仕事中に何度も彼女達の美貌に惹かれた者達がナンパを試みていたようだ。

エリオは怯まず、笑顔で告げる。

「ナンパではありません。彼女が妖精メイド様達にお話があるんです」

エリオの紹介(しょうかい)にフィネア(ネア)が一礼。

彼は後ろに下がり、フィネア(ネア)が妖精メイドの前に出た。

妖精メイド達は、顔を見合わせてから、軽く肩(かた)をすくめて促す。

「あーし達も忙しいから、手短にね」

「ありがとうございます。実はあたしは――」

「「!?」」

エリオはフィネア(ネア)に話を任せて、ケンタウロス種がこちらに気付いて襲(おそ)ってこないか、警戒する。なので彼女達が何を話しているかは耳にしていない。

数十秒ほどだろうか？　話はそう長くは続かなかった。

フィネア(ネア)が話を終えると、オタクっぽい妖精メイドが困った表情で返答する。

「も、申し訳ないけど、う、う、上の判断を仰(あお)ぐからちょっと待って」

「ありがとうございます」

フィネア(ネア)がお礼を告げると、根暗そうな妖精メイドがカードを取り出し、彼女達に背を向けた。空を見上げるように視線を上げて、独り言を呟(つぶや)き出す。どうやら『上』に事情を説明しているらしい。

その間にギャルっぽい妖精メイドが、他の妖精メイドを手招き、自分達がおこなっていた作業の代行をお願いし出す。

引き継ぎが完了する頃、上との話し合いが終わったようだ。

「ぜ、是非、は、話がしたいから来て欲しいって」

「！　もちろんです！　お願いします！」

フィネアは興奮気味に返答。

逆にエリオは一連の流れを耳にして、『どうやら、俺の役目はここまでだな』と内心で考える。

護衛は妖精メイド達に任せれば自分など必要ないと考えたからだ。

なのでフィネアに、『自分とはここで別れることになるが、体に気をつけて云々』のような別れの台詞を言おうとしたが……。

「それじゃ許可も出たことだし、移動するっていうか。『ＳＳＲ　転移』、解放」

「!?」

ギャルっぽい妖精メイドが許可を得たからと、フィネア＆エリオごと一緒に転移で移動。

大通りに立っていた二人が、一瞬で真っ白な部屋、ソファー、テーブル、花瓶、絵画など、あからさまに高級感漂う応接間に転移していた。

その事実にエリオは腰が抜けそうなほど驚く。

（ま、まさかただの移動に転移アイテムを使用するなんて⁉　ミヤから話は聞いていたが本当に『巨塔の魔女』様は規格外だな！）

本来『転移アイテム』は、王族やトップレベル冒険者などが『いざ』という時に身の安全を確保し、その場から逃げるために使用する代物だ。

元々数は少なく、オークションにも出回らない稀少で高価な品物。

売れば平民が数十年暮らせるほどの大金を得られる。

故にただの移動だけで使うなど、本来絶対にありえない。

元冒険者であるエリオだから、自ら体験した事実に腰が抜けそうなほど驚いていたが……。

フィネアはというと、

「す、凄いね……まさか外に居たのに一瞬で移動するなんて。家に帰るのが面倒な時とか便利そう」

「⁉」

『転移アイテム』の価値を知らないフィネアからすると、移動を楽にする便利アイテム程度にしか考えていなかった。彼女の無知さ、世間知らずな態度にエリオは再び驚きの表情を作る。

　一緒に転移したギャルっぽい妖精メイドと根暗そうな妖精メイドが、エリオ達に対して一礼する。

「こちらの部屋で少々、お待ちくださいませ」

「す、すぐにお茶の準備をいたします」

「ありがとうございます。ほら、エリオ兄も座ろう」

「い、いや俺は立っているからいいよ」

「逆に妖精メイドさん達の迷惑になるから、さっさと座る」

「は、はい」

　エリオはソファーを汚したくなくて座るのをためらった。しかし、フィネアは逆に迷惑だからと、さっさとソファーに座り自分の隣を叩き促す。

　実際、客人であるエリオを立たせるなど、使用人側にとっては恥でしかない。

　伊達にケンタウロス族国の妹姫ではないフィネアは、その辺りの機微を理解しているため、エリオに座るよう促したのだ。

　二人がソファーに座ると、扉がノックされる。

　ギャルっぽい妖精メイドが開くと、眼鏡を掛けた生真面目な妖精メイドと、見た目はとんでもない美少女だが、そのせいか逆に個性が薄くなっている妖精メイドが応接間に入る。

二人はカートを押し、その上にはお茶、菓子が置かれていた。

妖精メイド達は慣れた様子で二人の前にお茶と菓子を置く。

「ありがとうございます」

「あ、あ、ありがとうございます？」

フィネアは自然体で、エリオは彼女の真似をしつつ間違っていないか怯えながらお礼を告げる。

お礼後、フィネアはさっさとお茶に手を着け、菓子も口にする。

「美味しい！　今までで一番美味しいお茶とお菓子だわ！　エリオ兄も食べてみて」

「お、俺はだ、大丈夫だよ……」

（逆に手を着けないと失礼になるから）

エリオは『高そうなカップを手にして壊したら……』と考えただけで怖いので、手を伸ばしたくなかった。しかし逆に失礼だと、フィネアに耳打ちされ、覚悟を決めてカップに手を伸ばす。

「お、美味しいよ」

「でしょ、美味しいよね！」

エリオの感想に、フィネアは花が咲き誇ったような笑顔を向けた。

二人がやりとりをしていると、扉のすぐ側に立つ眼鏡を掛けた生真面目な妖精メイドが良く通る綺麗な声で告げる。

「ご歓談中、申し訳ございません。『巨塔』の主たる『巨塔の魔女』様がいらっしゃいました」

「きょ!? 巨塔!?」

「エリオ兄、ほら、ソファーから立って!」

エリオは今自分がようやくどの場所に居るか知った。

人種王国首都から、『巨塔』内部の応接間に移動していたのだ。

そんな長距離移動ができる『転移アイテム』など元冒険者であるエリオですら聞いたことがない。もし存在するなら『国宝レベル』だ。

隣りに座るフィネアはエリオの驚愕理由に気付かず、内心で『「巨塔の魔女」に会えるかもと思っていたけど、本当に会えるとかラッキー過ぎ!』程度しか考えていない。

むしろ、失礼がないよう隣りに座るエリオに立つよう促す。

二人がソファーから立ち上がったのを確認してから、生真面目そうな妖精メイドが扉を開けた。

やってきた頭からフードを被ったエリー――『巨塔の魔女』は友好的な態度で声をかけてくる。

「ようこそ、わたくしの『巨塔』へ。遠い所、ご苦労様ですわ」

(いや！　遠い所もなにも、転移アイテムで一瞬だったんだけど！)

「こちらこそ、突然、押しかけてしまって申し訳ありません！　本日はお時間を頂きありがとうございます！」

エリオが胸中で突っ込みつつ、フィネアが返答した。

『巨塔の魔女』は妖精メイドを従え、二人の正面ソファーへと移動する。

彼女が最初にソファーに座ると、二人に座るよう無言で促す。

フィネアがエリオの服を引っ張り、『巨塔の魔女』の合図に合わせてソファーへと再度腰を下ろした。

妖精メイドが新たなお茶を淹れ、『巨塔の魔女』の前に置いたところで、彼女が口を開く。

「それでわたくしにお話があると部下から伺いましたが、どのような内容ですの？」

「あたしはケンタウロス族国の族長の直系の孫娘、フィネアと申します」

「え？」

フィネアが本名を告げると、隣りに座るエリオが無意識に声を上げてしまった。

その声は意外と大きく、フィネアだけではなく、『巨塔の魔女』、部屋に居る妖精メイド達全員の視線を集めた。

エリオは自身が注目されていることに混乱し、言い訳を口にする。

「す、すみません！　話の腰を折ってしまって！　フィネアの名前が違うし、ケンタウロス族国の上流階級とは聞いていたんですが、お姫様とは知らなくて！　いえ！　本当に知らなかったんです！」

注目が集まったのと、フィネアに聞かされていた話とは違う内容、『巨塔の魔女』に失礼な態度を取ったと誤解し、混乱してしまい言い訳を口にした。

――ライトがお世話になった人物ということで、エリオが多少失礼な態度を取っても、エリーや妖精メイドは気にしないのだが。事情を知らないエリオからすれば、生きた心地はしないだろう。

フィネアが『巨塔の魔女』に軽く黙礼。『巨塔の魔女』は軽く頷き、エリオへ声をかける許可を与えた。

「ごめんなさい、エリオ兄……偽名を使ったり、本当のことを話したりしないで……。あたしはあの時、誰も信用できる人が居なかったから。でも今は違うよ？　エリオ兄のことは誰よりも信じている。だから、『巨塔の魔女』様と一緒にあたしの話を聞いて欲しいの」

「…………わ、分かったよ。話を聞くよ。ごめん、遮ってしまって」

「ありがとう、エリオ兄！　まず最初にナイン公国会議から帰ってきた祖父からナイン公国会議の話を聞いたんです。それで――」

　フィネアがどうして『巨塔の魔女』へ会いに来たのか、ケンタウロス種の滅亡を回避するために自分が行動してきたことを順を立てて話をした。

（この話、俺が聞いて良いのか？　かなり政治的な内容なんだけど……）

　フィネア曰く――祖父達は反対しているがケンタウロス族国を『巨塔の魔女』傘下に入れて欲しい。その後、政治体制も祖父達のダンジョン派独裁ではなく、獣人連合国のような代表者達の合議制に変更。

　さらには、自分を逃がす代わりに囮になった親友パルの救助なども助けて欲しいと、『巨塔の魔女』に伝える。

　もちろん代価として、ケンタウロス族国は人種王国女王リリスを支持、『巨塔の魔女』へ忠誠を捧げる。他、ケンタウロス族国から『巨塔の魔女』が望むものを必ず差し出すと断言した。

　もし祖父、父、兄サントル達を力尽くで排除してもらって構わないとも明言したのだ。

　一国を左右する会議に、一介の村民である自分が同席していることにエリオは気が遠くなりかけてしまう。戦闘や命のやりとりとは全く違う恐ろしさがあった。

一通り話を聞き終えた『巨塔の魔女』が、お茶で唇を湿らせてから口を開く。

「お話は理解いたしましたわ。ですが、さすがに即断できる内容ではありませんし、『人種王国女王就任式典』も近いですの。なので暫し、お時間を頂いてもよろしいかしら？」

「はい、問題ありません！　ありがとうございます！」

「では、結論が出るまで『巨塔』に滞在してくださいまし。部屋は妖精メイドに案内させますわ。部屋は……」

「!?　い、いえ！　俺――自分は人種王国首都に護衛リーダーとして、部下と合流しなくちゃいけないので！　結構です！　大丈夫です！」

「そうですの？　なら、フィネアさんだけで。殿方の方は転移で人種王国首都へと送り届けるように」

「畏まりました」

エリオが全力で拒絶するが、『巨塔の魔女』は別段気分を害した様子も見せず妖精メイドに指示を出す。

エリオは再び国宝レベルの転移アイテムが使われる事実に胃が痛くなるが、一人で『巨塔』から皆が待つ人種王国首都へ移動するのは不可能だ。言葉に甘えるしかない。

そんな現実と自分のために国宝レベルの転移アイテムが使用される事実に胃を痛めていると、隣に座るフィネアが両手で縋り付いてくる。

「エリオ兄、行っちゃうの？　問題が片付くまで一緒に居て欲しいんだけど……ダメ、かな？」

「…………」

『巨塔』に居る限り、他のケンタウロス種達に手を出されることは絶対にない。しかし、知らない者達の中に一人で居るのは心細いため、信頼しているエリオに側に居て欲しいとフィネアは潤んだ瞳で訴えた。

（ネア――フィネアのことは妹みたいに思っているし、力になってあげたいけど……）

これにエリオは……拒絶できないが、承諾する勇気も出し辛い。なぜならケンタウロス族国という国家問題にかかわるということになるからだ。

『巨塔の魔女』エリー、妖精メイド達は表情にこそ出さないが、男女の修羅場を見るような野次馬視点で二人を眺める。

そんな好奇の視線に耐えつつ、エリオは――。

「す、少し考えさせてくれないか？」

答えの先延ばしを選択したのだった。

■番外編五　妖精メイドの名前

『奈落』最下層、実験農園。

この広い空間に様々な農作物、花々などが栽培されていた。

なぜ実験農園が『奈落』最下層に存在するのかというと――現状、食料全てがライトの恩恵『無限ガチャ』によって賄われているが、万が一使用できなくなった場合に備えて、自給自足できるよう研究が進められているからだ。

それがこの実験農園である。

今日は花々を栽培する区間の世話を任されたいつもの妖精メイド四人が談笑しつつ仕事をしていた。

見た目はとんでもない美少女だが、そのせいか逆に個性が薄くなっている妖精メイドが、余分な蕾を取りつつ告げる。

「そういえばメイド長様が初めて『無限カード』から解放した妖精メイドの四人がいるじゃない」

「まだ『奈落』最下層がここまで開発されていない時期、でもメイド長一人ではライト様やナズナ様などの世話まで手が回らない時に解放された、最初の妖精メイドの四人ですね」

「この『奈落』最下層で最も長くメイド長の『メイド道』を教えられているあーし達の先輩達じゃん。別名『妖精メイド四天王』」

「よ、よ、『妖精メイド四天王』とか、どうでもいいけど、う、ウチももっと早く呼ばれていたら、ご当主様にもっとお、お話やお世話、ご奉仕、できたのに……」

眼鏡を掛けた生真面目そうな妖精メイドとギャル系妖精メイドが、地面に落ちた葉っぱや抜いた雑草を熊手で集め、オタクっぽい妖精メイドが手押し車を押しつつ返事をした。

見た目はとんでもない美少女妖精メイドが話を続ける。

「昨日アイスヒート様が、『妖精メイド四天王』の一人にやりにくそうに命令しているのを見ちゃって。いくらレベルが高くても、やっぱりやりにくいものなのかな?」

「それはそうでしょう。いくらアイスヒート様が副メイド長&レベル七七七で相手がレベル五〇〇の妖精メイドでも、相手は自分より長く『奈落』最下層にいる先輩。そんな相手に命令をするなんて、私でも考えただけ胃が痛くなりますよ」

「あーしも分かるな。考えただけで気まずいっていうか……」

「み、右に同じ」

眼鏡妖精メイドの発言にギャル、オタクっぽい妖精メイドが仕事をしながら、何度も頷き同意した。

「でも、どうしてアイスヒート様が副メイド長なんだろう……あっ、もちろん不満があるとかじゃなくて、あくまで好奇心的疑問だよ、疑問！」

見た目はとんでもない美少女妖精メイドが、蕾を摘んだ手をパタパタ振りながら否定した。

　他の妖精メイドが返答する。

「それはレベル七七七七のお方を、先輩とはいえレベル五〇〇の妖精メイドの下につかせるわけにはいきませんよ」

「能力的にも問題ないし、アイスヒート様の立場を考えたらね～」

「ふ、副メイド長、ほ、本当によくやっていると思う。ただちょっと、う、運に恵まれていないけど」

『ああ……』

　オタクっぽい妖精メイドの発言に、他の者達も納得した声をあげた。

　仕事と会話に集中していた彼女達は、とある人物が接近していることに気づくのに遅れてしまう。

その人物とは……。

「？　そっちはもう終わったから、やらなくてもいいよ」

最初に気付いたのは見た目がとんでもない美少女妖精メイドだ。

作業が終わったはずの背の高い花々が咲く陰に隠れて、誰かが移動していることに気づく。

最初は他の妖精メイドが作業が終わっているのに気付かず、手を出していると考えていたのだが……。

「ごめんね、別に仕事の邪魔をするつもりはなかったんだけど……」

「⁉　ご、ご主――⁉」

「シッ！」

ご主人様――この『奈落』最下層の主であるライトが、なぜか背の高い花々が咲く陰に隠れて移動していたのだ。

彼は大声を上げかけた妖精メイドに人差し指を立て、自分の唇に当てて静かにするよう指示を出す。

その指示に、驚きで声をあげそうになった妖精メイドだけではなく、他の者達もライトの存在に気付き、息を呑む。

ライトは微苦笑(びくしょう)しながら告げる。

「実は今、ユメとナズナの相手で隠れんぼをしている最中なんだ。仕事の邪魔(じゃま)をするつもりはないから、暫(しばら)くここに隠れさせてもらってもいいかな？」

「も、もちろんです！」

「むしろ、永遠にいてくださっても大丈夫です！」

「あーし達が全力でサポートしますので！」

「う、ウチらの命をぎ、犠牲(ぎせい)にしてもユメ様、ナズナ様からお、お守りします！」

「いや、命を犠牲にする必要はないからね。あと、あんまり声が大きいと鬼役(おに)のナズナに見つかっちゃうから静かにし……ッ!?」

妖精メイド達が興奮気味に了承。その返事にライトは若干(じゃっかん)困りつつ、笑顔で声量を落とすようお願いしていると……鬼役ナズナの接近にいち早く気づく。

彼は息を殺し、背の高い花々の陰に隠れた。

ちょうどそのタイミングで、集まっている妖精メイド達の姿に気付いたナズナが、元気よく駆(か)け寄ってくる。

「なぁなぁ、ご主人様、妹様を見なかったか？　あたい達、今、隠れんぼしているんだよ」

このナズナの質問に妖精メイド達は……。

「さぁ、どうだったでしょうか……」

「記憶にございません」

「あーし達、仕事してたから……」

「も、黙秘します！」

妖精メイド達が、嘘はつかず、誤魔化すような台詞を告げた。

この態度にナズナが疑わしい者達を見るような目つきを向けてくる。

「なんだか嘘くさいぞ……本当はご主人様や妹様がどこにいるのか知っているんじゃないのか？」

「（ユメ様がどこに隠れているのかは）分かりません。本当です。信じてください」

「私達がナズナ様に嘘をつくはずありませんよ（真実を話すともいっていない）」

「それよりお腹すきませんか？　あーし、美味しいお菓子を持っているのでナズナ様にあげますね（物で誤魔化そうとする）」

「あ、あっちで、そ、それらしい人影を見たかもしれないかも、しれないかも、です（見たとは言っていない）」

妖精メイド達はなんとか嘘をつかず、鬼役ナズナからライトを守るため誤魔化しに走った。

この誤魔化しにナズナは……。

「お菓子、ありがとうだぞ！　あっちにご主人様、妹様が居たんだな！」

ナズナは彼女達の言葉を信じて、お菓子を受け取ると美味しそうに食べつつ、指さされた別の場所に向かって走り出す。

妖精メイド達は無事に、鬼役ナズナからライトを守り抜いたのだ。

これにはライトも、背丈の高い花々の陰から出てお礼を告げる。

「ありがとう、プリメ、デュエ、メア、ヒフミ、皆のお陰で助かったよ」

『⁉』

ライトのお礼に妖精メイド達は衝撃を受けた。

敬愛するべきライトからお礼を言われたというのもあるが……。

「ご、ご主人様がわ、わたしの名前を……ッ！」と見た目はとんでもない美少女だが、そのせいか逆に個性が薄くなっている妖精メイド、プリメが声を震わせる。

「た、ただの妖精メイドである私達の名前を覚えていてくださっていたのですか⁉」と眼鏡妖精メイド、デュエが驚愕。

「？　当然だよ。だって皆にはいつもお世話になっているし、大切な仲間、家族なんだから、名前を覚えているのなんて当然じゃないか」

「あ、あーし達が仲間、家族……ッッ!?　うっううぅ……ッ！」とギャル妖精メイド、メアが感涙。

「う、嬉し過ぎる！　ご当主様をペロペロしたい！　（ご、ご当主様に名前を呼ばれるだけじゃなくて、仲間、家族と仰って頂けるなんて感激です！）」とオタクっぽい妖精メイド、ヒフミが感激&興奮し過ぎて本音と建て前を逆に口にしてしまう。

さすがにライトも困ったような表情で頬を掻く。

「よ、喜んでもらえるのは嬉しいけど、さすがにペロペロされるのはちょっと、恥ずかしいかな……」

「申し訳ありません、ご主人様！　今すぐこいつは処分しますので！」

「ご安心ください！　我々が命に賭けてペロペロさせません！」

「ヒフミ！　ライト様を不快にさせた罪は重いっていうか！　せめてあーしの手で殺してあげるわ！」

「つ、つい、ほ、本音ががががが！」

プリメ（美少女個性なし妖精メイド）、デュエ（眼鏡妖精メイド）がライトに謝罪をし、メア（ギャル妖精メイド）が怖い顔で、ヒフミ（オタクっぽい妖精メイド）の首を掴みがくがくと揺らし出す。

ライトは慌てて妖精メイド達を止めた。

「大丈夫！　僕は気にしていないから！　ペロペロは恥ずかしいけど、ハグ……いや、握手ぐらいならいつでもしていいから！」

『本当ですか⁉』

彼女達はハンカチで自分の手を入念に拭いた後、ライトへと手を差し出す。

ライトの発言に混乱していた妖精メイド達が、我に返って興奮気味に声をあげた。

彼は笑顔で声をかけつつ、手を握る。

「いつもありがとう、プリメ」

「こ、こちらこそありがとうございます！　もう二度と手を洗いません！」

「いや、洗って、汚くなるから……」

次に眼鏡妖精メイド、デュエ。

「メイから仕事が丁寧だって聞いているよ。これからもよろしくね」

「ありがとうございます、主様！　皮膚を剥がして保存します！」

「怖いから止めて！」

次はギャル妖精メイド、メア。

「メイから皆をよく気遣い声をかけているって聞いているよ。自分のことも気をつけてね？」

「気をつけるっていうか！　もう手首を切り落として、保管するっていうか！」

「さっきより怖くなってるよ！　だから止めて！」

最後にオタクっぽい妖精メイド、ヒフミに声をかける。

「こうして皆と握手、コミュニケーションをとれたのもヒフミのお陰だから、さっきの発言（ペロペロしたい）は気にしないでね？」

「あ、あ、ありがとうございます！　一生、気にしません！　むしろ、忘れました！」

「いや、二度と同じミスをしないように忘れない方がいいんだけど……」

ライトがヒフミにツッコミを入れていると、他にも人が現れる。

「にーちゃん、見つけた！」

「あははは、さすがに見つかったね」

『!?』

既に見つかったユメがライトの手を握りしめ、『見つけた』と宣言する。彼女の後ろにはナズナも居た。

ライトはともかく、興奮し過ぎて二人が近づいていたことに気付かなかった妖精メイド達は心底驚く。

ナズナは首を傾げる。

「どうしてご主人様は妖精メイド達と握手しているんだ？　とにかく、あたいも握手するぞ！」

「はいはい、ナズナとも握手、握手」

「わーい！　ご主人様と握手したぞ！」

「よかったね、ナズナお姉ちゃん。それじゃ次は何をしようか？」

「少し疲れたし、お茶にしようか？」

「さすがご主人様！　なら、お茶にしようぜ！」

「それじゃ、仕事の邪魔をしてごめんね」

ライトは保護者としてユメ、ナズナの手を握り、妖精メイド達に謝罪しつつ、その場を後にした。

自分達の欲望を優先するあまり、ライトをユメ&ナズナに発見されてしまった罪悪感――それ以上に自分達の存在を認識し、名前を呼ばれ、握手された幸福感がいつまでも妖精メイド達の脳内を駆け巡る。

彼女達はしばらくの間、幸福感が脳内を占領し、その場に立ち尽くしてしまうのだった。

後日――彼女達のトップ、メイド長メイから四人は呼び出しを受ける。自分達の欲望を優先させ、ライトを鬼役に発見させてしまった醜態を耳にしたからだ。

メイはそんな妖精メイド達に『メイド道とはなにか』を彼女自ら指導し、再教育を施すのだった。

■番外編六　カオスの意外な特技

「ありがとうございます、お忙しい中、集まって頂いて」

『奈落』最下層、演奏練習部屋でモヒカン達が楽器を持ち、モヒカンリーダーがマイクの前に立ち、集まった皆に礼を告げた。

その部屋に『奈落』の男性メンバー……『鉄血鉄壁』ジャック、『黄金の騎士』ゴールド、『カードの守護者』アルス、『幻楽師』オルカ、そして『混沌の申し子』カオスが集まっていた。

天使の輪がついた可愛い犬の見た目をしている『雷鳴の統括者』ウルシュにも声をかけたが、どうしても忙しくて抜け出せず『慚愧に堪えません』と申し訳なさそうに欠席した。

ジャックが代表して、手を振り答える。

「弟分の願いを聞き入れるのは兄貴分として当然だろ？　何よりライトに捧げる歌が完成したなら、聞いてみたいと思うのが人情じゃないか」

「ジャックの兄貴の言う通り！　『奈落』最下層で音楽が聴かれるようになってはや数年。

主の『無限ガチャ』から出てくる音楽を聴くだけではなく、自ら作詞作曲する者が出てくるとは！　興味を引かれないはずがないぞ！」

「ですね。ボクも本当に今から楽しみですよ」

ジャックの発言にゴールドとアルスが同意して声を上げた。

ちなみになぜモヒカン達が『ライトに捧げる曲』を作ったかというと……まず『無限ガチャ』から楽器、楽譜、音響装置、レコードなども排出された。それらは『奈落』最下層メンバーの娯楽品として放出されている。

なので『奈落』最下層メンバー達はよく音楽を聴き、『どの音楽が好みか』など会話のネタにもなっていた。

そしてモヒカン達は、『無限ガチャ』から排出されたカードから解放された存在だ。故にそれ以上レベルが上がることはない。

しかし、彼らはその事実に腐らず『ならば色々な技術を身に付けよう』と努力し続けているのだ。

罠設置技術、索敵技術、薬学を勉強し、さらには今回の音楽演奏技術も、『将来、何か役に立つかも』と練習していた。

全ては主であるライトのためにだ。

そんな彼らが、音楽演奏技術を身につけた後、作詞作曲に興味を示す。そして、『ライトへ捧げる歌』の制作を開始。

途中、音楽に造詣が深いオルカにアドバイスを受けつつ、曲を完成させた。

今回の集まりは、モヒカン達が『いきなりライト様に聴いて頂くのはハードルが高いから、皆に聴いてもらって感想をもらいたい』と考えて、集まってもらったのだ。

モヒカン達からアドバイスを求められて、作曲に協力した『幻楽師』オルカがニコニコと笑顔で告げる。

「モヒカンさん達が作った曲は素晴らしいので、皆さん、楽しみにしてくださいね」

「ちょ、オルカ様、ハードルを上げないでくださいよ！」

「ハードルを上げるだなんて。私は本当に素晴らしい曲だと思っているんですよ。きっとカオスも、気に入るよ」

「……音楽の良し悪しなど分からない。が、参加する以上、感想ぐらいは言わせてもらうさ」

オルカに連れてこられたカオスが、淡々とした口調で告げた。

モヒカン達の演奏準備も終わり、ジャック達も用意された椅子に座ったところで演奏を開始する。

モヒカンリーダーがボーカルとして背後を振り返り、ドラムを担当するモヒカンに軽く頷き合図を送る。

モヒカンドラムがスティックを軽く重ねて音を鳴らし、タイミングを合わせてそれぞれの楽器の音が響(ひび)き渡(わた)る。

派手ではない、しっとりとした曲が静かに鳴り出す。

モヒカンリーダーがゆっくりと動き、マイクスタンドに向けて声を発する。

「スマイルエンド、スマイルエンド。心を閉ざし、笑うことができなくなった。仮面を被り、作り笑い、愛想笑(あいそわら)いばかり。それでも現実(世界)は成り立ち、構築されている」

モヒカン達の厳(いか)つい外見とは正反対の静かな音楽だった。

「笑顔を取り戻(もど)すために僕達(ぼくたち)にできることは片手で数えるほど少なくて、受け止めようと腕(うで)を伸(の)ばしても細い指先の隙間(すきま)から零(こぼ)れ落ちてしまう」

しかし、その声は深く、聴く者の耳にそっと囁(ささや)くような声量にもかかわらず大声をあげられるよりずっと、耳の奥深(おくぶか)い部分にこだまする。

『…………』

歌を聴くジャック達も、素人(しろうと)の下手な作詞作曲、歌声を耳にして馬鹿にするように笑うことはない。真剣(しんけん)にモヒカン達の音楽に耳を傾(かたむ)け続ける。

「スマイルエンド。スマイルエンド。それでも僕達は諦めない。いつか心の底から笑うためにも、生きていく。笑って生きていく、笑って生きていきたい。笑って生きてやる！　スマイルエンド　スマイルエンド。そんなもの蹴っ飛ばして生きてやる！　笑顔こそが、僕達が生きる理由なのだから」

静かな声から一転、後半は魂を直接ぶつけてくるような熱いものだった。伝えたい想いを言葉一つ一つに込めるような鬼気迫るものがある。

モヒカンリーダーは、最後までその熱い想いを切らさず、続きを叫び最後まで歌いきった。

ギター、ベース、ドラム、キーボードなどの熱い音楽が終わるのを寂しそうに思うような余韻を残し、『奈落』最下層、演奏練習部屋にこだまし、残響、消える。

『………』

モヒカン達が歌い終えると、暫く誰も口を開かず、反応しなかった。

耳に残った音を味わうため、神経をそちらに集中しているからだ。

最初に動いたのはジャックだった。

彼は大きな手のひらを叩き、モヒカン達に賛辞を送る。

「オマエ達の熱い想い！　最高に伝わってきたぞ！　本当にいい曲じゃないか！」

ジャックを皮切りに、ゴールド、アルス、オルカ、カオスも拍手して賛辞を送る。

「ジャックの兄貴の仰る通り！　本当に良い曲だっだぞ！　我輩、感動して泣きそうになったほどだ！」

「ゴールドさんの仰る通り、大げさじゃなくてボクも聞いていて泣きそうになりましたよ！　モヒカンさん達が、ライト様を想い、心の底からもう一度笑って欲しい、そんな気持ちが伝わってきて、ボクも共感してしまいました！　本当に良い曲ですよ！」

「アルス様の理解力の高さは素晴らしい。まさにモヒカンさん達のテーマがそれです。正直、アドバイスを求められましたが、最初から完成度が高くて手を入れる場所なんてほぼなかったんですよね。それだけ真剣にモヒカンさん達が主殿を想い作詞作曲したということですよ」

アルスの感想にオルカが心底嬉しそうに指摘した。

カオスはというと……。

「……いいんじゃないか。素人の僕が聞いても良い曲だと思うよ」

ぶっきらぼうな態度だが、モヒカン達の曲を素直に褒めた。

最後にジャックがまとめる。

「これならライトに聞かせても、いいや、誰に聞かせても恥ずかしくない曲だ。自信を持って聞かせてやればいい。きっとライトも喜ぶぞ！」

「あ、ありがとうございます！　ジャックの兄貴！　皆さん！」

モヒカン達が喜び、お礼の言葉を告げると頭を下げた。

演奏は終わったが、この興奮のまま『解散』では勿体ない。故にジャックが提案し彼の自室で、曲の完成を祝う酒盛りをすることになる。

普段、飲み会には参加しないカオスも、流れではあるが、モヒカン達の曲について語りたいのか、珍しく参加することに。

早速、ジャックの自室へと場所を移動する。

☆　☆　☆

飲み会が始まり一時間経過するが、モヒカン達への賞賛は尽きない。

ジャックがロックのウイスキーを口にしつつ、

「作詞作曲したのは初めてなんだよな？　なのにあの完成度の高さは凄ぇじゃねぇか。これって才能があるってことだよな？」

「いやいや、ジャックの兄貴。才能がある訳じゃないですよ。ただライト様のことを想って書いて、作曲したのがたまたま上手くはまっただけですよ」

　モヒカンリーダーがビールを口にしつつ、謙遜した。

　ゴールドもビールを飲みつつ、告げる。

「確かにテーマがはっきりとした上、主に捧げるつもりで作曲したから上手くいったのは間違いないが。それを差し引いても才能はあると思うぞ？　なぁ、オルカ殿！」

「ええ、モヒカンさん達には音楽の才能があると思いますよ。よかったら、今後も作詞作曲を手伝わせて頂けませんか？　モヒカンさん達ならさらに素晴らしい音楽を作り出せますよ」

『UR　幻楽師　オルカ　レベル八八八八』が白ワインで唇を濡らしつつ、モヒカン達をべた褒め。

　モヒカンリーダーが慌てて、両手を振る。

「俺達に音楽の才能なんてありませんよ。今回の作詞作曲もオルカ様から多くのアドバイスを受けてようやく作ったものですから」

「でも、普通はアドバスを受けてもあんな良い曲は作れないものですよ。モヒカンさん達の音楽を聴いて、ボクも音楽をやりたくなりましたもの。それぐらい良い曲でした！　ああ、でも、姉さんが『ならいっそのこと、ライトちゃん達にも声をかけて一緒にやりましよう！　のけ者は寂しいもの』とか言って暴走しそう……うっ、考えただけで胃が……」

「…………」

アルスは実姉アネリアの行動を予想し、胃を痛め手で押さえ出す。その姿に同情して唯一、酒を飲まずコーヒーを口にするカオスが、無言で彼の肩を慰めるように叩いた。

そして、宴会は続き酒量が増加。

気付けばオルカが演奏し、『奈落』最下層で流行っている音楽を皆が大声で歌い出す。

『～～～～～～～～！』

素人達が酔っ払い、音程など気にせず大声で歌っているだけだ。当然、上手いはずがない。ただ皆、心底楽しそうに笑い、歌っていた。お陰でジャック達は酒の助けもあり、皆と楽しい一体感に溺れる。

しかし、その楽しい一体感、耽溺を破壊する者がいた。

カオスだ。

「～～～～～～」

別に皆で楽しく歌うジャック達を馬鹿にして水を差した訳ではない。

むしろ酒も飲んでいないのに、雰囲気に酔ったカオスも一緒になって歌っていたのだ。

最初は小さく、小声で合わせていた。

しかし、歌っていてだんだん気分が乗ってきたのか、ジャック達に負けないほどの声量で歌い出す。

その声はどこまでも伸び、オルカの演奏にもしっかりと耳を傾けているのか音程も一切外さない。にもかかわらず楽しんでいる気持ちが伝わってくる澄んだ声で、聞く者を虜にする魅惑的なものだった。

つまり、カオスの歌声が素晴らし過ぎて、楽しく歌っていたジャック達はいつのまにか自然と彼の歌を聴く側に回っていたのだ。

『…………』

ジャック達は黙ってカオスの歌を聴く。

それだけの価値がある素晴らしい歌声だ。

逆にカオスはジャック達が聴き手になっていることにも気付かず、上機嫌で歌いきる。

……歌いきってようやく自分一人しか歌っていないことに気付いた。

ジャック達は遠慮無く盛大な拍手を送る。

「カオス！　オマエ、無茶苦茶歌が上手いじゃないか！」

「我輩達も楽しく歌っていたのに、気付いたら聴き込んでしまったぞ！　いやぁ～まさか『奈落』最下層にこれほどの歌の名手がいるとは！」

「カオスさん！　ボク、感動しました！　貴方の歌声で胃の痛みも消えちゃいましたよ！」

「カオス様！　マジでパネェ！　あのよかったら、ライト様へ送る歌をカオス様に歌ってもらえませんか？　絶対、ライト様も喜びますよ！」

「私としてはモヒカンさん達に歌って欲しいけど……。なら、いっそ、カオス専用の歌を今からでも作ろうか？」

ジャック、ゴールド、アルス、モヒカン達、オルカが立て続けにカオスの歌声を褒めた。ベタ褒めだ。

カオスは状況が飲み込めずフリーズ。

暫くして席から立ち、出口へと向かう。

「……馬鹿々々しい。僕はもう退出させてもらう」

カオスは恥ずかしかったのか、その足取りは速い。

足早に出口に向かったため、顔は確認できなかったが、髪の毛から覗く耳が先端まで赤くなっていたのをその場の皆が目にしたのだった。


――後日。

『奈落』最下層、廊下で偶然オルカと一緒のライトと、カオスが遭遇してしまう。

ライトは悪気の一切ない笑顔でカオスに話しかける。

「カオス、聞いたよ。とても歌が上手いんだってね。ちょっと意外だったよ。よかったら僕にも聴かせてもらえないかな？」

「…………」

カオスが無邪気にお願いしてくるライト――ではなく、余計なことを告げ口しただろうオルカを一睨み。

オルカはいつもの笑顔で受けながす。

反応が戻ってこないカオスに対して、ライトが再度声をかける。

「カオス？」

「……チッ！」

今度はライトを一睨み。

カオスはどこか恥ずかしそうに足早にその場から離脱した。

そんなカオスの後ろ背中に、ライト、オルカは顔を見合わせて微苦笑しあうのだった。

■番外編七　探求者メイド、メイの一日

『ＳＵＲ　探求者メイドのメイ　レベル九九九九』の朝は早い。

陽が昇る前に私室で目を覚まし、身支度を調える。

身支度を調えて、鏡の前で乱れがないかを確認後、まず最初に向かう先は『奈落』最下層の夜勤責任者を務めている妖精メイド達の所だ。

「おはようございます。夜の間、何か問題は？」

「おはようございます、メイド長。とくに問題はありません。こちらが報告書になります」

時によってメイ自身が夜勤責任者を務めたり、アイスヒートが担当することもある。

今回は一般的な妖精メイドが務めたが。

彼女から昨夜の夜勤報告書を受け取り、目を通す。

「ん……」

一見するとパラパラと流し読みしていると思われそうだが、メイド技能とレベル九九九九が合わさり、それだけで内容を詳細に把握することができた。

一通りチェック後、メイが指示を出す。

「ご苦労様。では他の妖精メイド達と交替して休みなさい。交替する際、引き継ぎを忘れずに、それと――」

メイは妖精メイド達にその日の細かい指示を出していく。

さらにその場に待機している『奈落』最下層の警備、料理、消耗品補充などの担当者からの報告も聞いて、全体の指示を出す。

もし極めて重要な用事がなければ、基本、朝食を摂るまでその場に待機して報告と指示出しに専念するのが日課だ。

今回は『極めて重要な用事』――ライトが『奈落』最下層で就寝しているため、時間になったらメイ自らが起こしに向かう。

最近は地上での冒険者活動が多く、『奈落』最下層でライトが就寝する頻度が著しく落ちていた。

なので表情にこそ出さないが、ライトを起こしに向かう準備のための指揮をメイは喜々としておこなう。

彼女に指揮されつつ、ライトを起こしに向かう妖精メイド達も嬉しそうに準備する。

メイ以外の『ライトを起こしに行くメンバー』は、基本的にローテーションだ。

自分達を顕現してくれた敬愛するライトを起こしに行くのは、妖精メイド達にとって何ものにも代え難いご褒美である。

故に変に偏らせて不満を募らせないようにローテーションでおこなっているのだ。

朝の汚れを落とす『R　ウォッシュ』カード、髪をとかす高級櫛、眠気を覚ますための冷たい柑橘系果実水に蒸した温かいタオル、着替え、朝一で報告する内容のメモなど、準備は意外と多岐にわたる。

一通りの準備を終えると、妖精メイドを連れてライトの私室へと向かう。

メイを先頭にして歩くライトを起こしに行く妖精メイド達に、他の仕事をしている妖精メイド達が羨ましそうな視線を向ける。

羨望の視線を向けられる妖精メイド達は、優越感より、ライトを起こしに向かえる喜びの方が圧倒的に強く非常に気分が高揚し、外部の目など逆に気にならないほどだ。

「ライト様、おはようございます。起床のお時間になりました」

「んんぅ……めい？」

「おはようございます、ライト様」

ライトがベッドの上で寝ぼけた声をあげた。

メイはいつも通り淡々とした態度を取っているが、背後に控える妖精メイド達はライトの寝ぼけた姿、可愛らしい姿に胸がきゅんきゅんと締め付けられ、あまりに素晴らしい光景を前に意識を失いそうになるのを我慢するほどだ。

　ライトがベッドの上に体を起こすと、メイが『R　ウォッシュ』カードを解放し彼の寝汗、歯、他の汚れを一息に落とす。

　それでもまだ眠い目を擦るライトの目を覚ますため、程良く蒸らし温めたタオルをメイが妖精メイドから受け取り、

『失礼します』と顔を拭く。

「んんぅ……」

　寝起きのため、されるがままに顔を拭かれるが、さすがにライトもこの段階で意識がほぼ覚醒。

　メイに対して軽くお礼を告げ、ベッドの端へと移動し、完全に意識を覚ますため妖精メイドの一人から柑橘系の酸っぱさが優先された目覚まし用の果実水を受けとり、口にする。

　柑橘系のさっぱりとした酸っぱさのお陰で、脳が刺激され、ようやく完全に目を覚ます。

「ライト様、お着替えをお手伝いいたします」

「自分で……いや、何でもないよ。お願いするね」

　元農民出身のライトからすれば着替えぐらい一人でもできるが、断る訳にもいかず妖精

メイド達になすがままに着替(きが)えさせられる。

着替えを終えたら、席に座(すわ)り、寝癖(ねぐせ)を直すため髪をすく。

彼女達からすればご褒美タイムだ。

一方、メイは着替えなどを妖精メイド達に任せて、報告するべき内容をライトへと告げる。

「特に緊急性(きんきゅうせい)のある報告はありません。地上で活動している者達の定時連絡(れんらく)も通常通りおこなわれ――」

もし緊急性の高い内容があればたとえ深夜でもライトを起こして伝えるが、ない場合は今回のように朝にまとめて報告した。

メイの報告をライトが耳にして、彼が気になった点に二、三質問する頃(ころ)にはしっかりと着替え、寝癖も直され、いつも通りの格好になっている。

着替えを終えると、ライトは朝食を摂るため専用の食堂へと移動する。

彼自身、『奈落』メンバー達が食事を摂る一般(いっぱん)食堂でも問題ないが、トップとしての威厳(いげん)を保つ為(ため)にも許されず、基本的に専用の食堂で摂ることになっていた。

メイはそのまま専属メイドとしてライトの側に。

着替えなどを手伝った妖精メイド達は、朝食の手伝いをする別の者達と入れ替(か)わる。

さすがにメイ以外の妖精メイドが引き続き独占するのは、不平不満を溜める原因になりかねないためだ。

ライトが食事を終えると、食休みのお茶を飲み、用件がなく『奈落』最下層に滞在する場合は、引き続きメイが専属メイドとして側に控える。他にも彼女の補助として妖精メイドがライトの側付きメイドとしてつく。

上手くいけば一日中、ライトの側に合法的に居られる役目のため人気は高い。

メイが忙しい場合は彼女の役目をアイスヒートが担当したり、完全に妖精メイドに任せることになっていた。

今回はライトが地上で冒険者ダークとして活動する日だ。

既に準備を終えているネムム、ゴールドと合流し、地上へ行くのを見送る。

「ライト様、行ってらっしゃいませ。無事のご帰還を心よりお待ちしております」

「メイは相変わらず大袈裟だな。ネムムとゴールドも居るし、僕達を害せる存在なんて今日の活動予定場所に居るはずないのに」

「もちろんライト様の実力、ネムム、ゴールドの能力は信頼しておりますが、忠実な臣下として御身の無事をどうしても願ってしまうのです。脆弱なる私の心をどうかお笑いくださいませ」

「いやいや、笑わないから。むしろ心配してくれてありがとう。それじゃ行ってくるね」

「主のことは我輩達に任せると良いですぞ」

「ライト様のことは身命に代えてお守りいたしますので、どうぞご安心ください！」

ゴールドとネムムが挨拶後、他妖精メイド達にも見送られ『ＳＳＲ　転移』で地上へと移動。

ライト達を見送った後、メイは軽く妖精メイド達に指示を出した後、執務室へ移動し書類仕事に取り掛かる。

「…………」

執務室の主であるライトの机の側にある机で、メイは上がってきた書類をチェック。

ライトの判断が必要な書類。

自分達で処理して問題ない書類。

他者に任せなければならない書類などを分類していく。

分類とメイが処理しても問題ない書類を終わらせ、妖精メイドに他の書類を預ける。

アオユキ、エリーと打ち合わせをする時もある。

もちろん午後にずれ込むことがあるが。

午前中までにこの程度の仕事は終わってしまう。

昼食後、午後からは『奈落』最下層の見回りをおこなう。

書類や報告だけでは分からない、直接現場に出ないと分からない空気感などがある。見回ることでまだ小さいうちから対処できた問題も実際にあった。

そのため見回りは必要なことだ。

メイが仕事として『奈落』最下層全体に問題がないかを確認して回っている途中、食堂近くを通りかかると、彼女を呼び止める声が響く。

「めぇひぃ～！」

「…………」

メイを呼び止めたのは『奈落』最下層でライトを除けば最強の存在ナズナだ。

彼女は涙目で、口を『はひはひ』と開き、両手を突き出し泣きついてくる。

ナズナはメイに抱きつくと、涙ながらに訴える。

「ようへいメイどたひが、オひゃつをたへていてぇ、あたいにもわけてくれはんだけど――」

「…………」

メイは頭が痛そうにナズナの訴えに耳を傾けつつ、片手で自身のこめかみをグリグリと押す。

彼女の訴えを翻訳すると……『ナズナが見回りをしている最中、妖精メイド×四人がオヤツ休憩中で、シュークリームを食べていた。通りかかったナズナに妖精メイド達が声をかけてきて余ったシュークリームを貰ったが……。元々バツゲーム仕様のシュークリームで五つ中、一つだけカラシ入りだった。最後に残ったのはカラシ入りで、そうとは知らずナズナが騙されて食べたらしい』。

『ひどい悪戯だ』とちょうど通りかかったメイにナズナは訴えているのだ。

メイはあまりの内容に一層頭痛が酷くなる。

メイはアイテムボックスからコップを取り出し、魔術で作りだした水を注ぎナズナに飲ませつつ、悪戯をしかけた妖精メイド達を叱る。

「休憩中とはいえ、貴女達は何を馬鹿なことをしているのですか。食べ物を使って遊ぶなんて品がありませんよ。反省文を提出するように」

「酷いです、メイド長！」

「我々は休憩中、仲間内で遊んでいただけですよ」

「ナズナ様がカラシ入りのシュークリームを食べたけど、あれはあーし達が運良く当たりを引いたからで、最終的にはナズナ様の自己責任っていうか〜」

「い、い、一方的な肩入れに対してう、訴えるしかない！」

見た目はとんでもない美少女だが、そのせいか逆に個性が薄くなっている妖精メイド、プリメ。

眼鏡妖精メイド、デュエ。

ギャル妖精メイド、メア。

オタクっぽい妖精メイド、ヒフミ達が、順番に抗議の声をあげた。

メイは彼女達の訴えに冷たい視線を向けつつ、

「ならば、食べ物の悪戯に対し良い顔をしないであろうライト様に、今回の一件をご報告し判断を仰ぎますがよろしいですね？」

『すいませんでした！』

妖精メイド×四人がその場で綺麗に土下座した。

敬愛するライトの耳にそんな報告が入って、嫌われたらと思うと彼女達は震え上がる。

土下座し、反省文を提出するだけで黙っていてもらえるなら、安いものだ。

水を飲み落ち着いたナズナにもメイは釘を刺す。

「ナズナも何でもすぐに口にせず、少しは疑ってください」

「ううぅ……分かったぞ。今後は気を付けるぞ」

（……たぶん、釘を刺しても無駄でしょうね）

ナズナは反省するが、三日後には頭から抜け落ちている姿がメイにはありありと見えた。

戦闘では非常に頼りになるのだが……。

突発的な問題をメイはその場で解決し、引き続き見回りを再開する。

夕食を終えた夜、タイミングがあったアイスヒートと一緒に汗を流しにお風呂場へ。

一通りお湯を堪能した後、メイはサウナへ入り汗を流す。

彼女は気持ちよさそうに汗を流しながら、アイスヒートと雑談を交わす。

「な、ナズナ様にカラシ入りのシュークリームを食べさせるとは……。彼女達はナズナ様の反撃が怖くないのですか？」

「恐らくそこまで考えていないわ。ナズナの威厳が足りないと嘆くべきか、彼女の誰でも分け隔てなく友誼を結ぶ無邪気さを褒めるべきか……」

「むしろ、ナズナ様よりその妖精メイド達に問題があるような？」

「仕事は非常に真面目で、有能なのに……」

メイは頭が痛そうにこめかみを押さえた。

アイスヒートが気を利かせて話題を変えるため、話を振る。

「今夜はご主人様はお戻りにならないのですよね？」

「ええ、冒険者の関係で、地上の宿屋にお泊まりになるそうよ」

「目的のためとはいえ、不便の多い地上でお泊まりするなんて、お可哀相です」

「そうね。地上にはまともな食事を摂れる場所も、ライト様に相応しい宿泊地、お風呂施設どころか、サウナもないでしょうから……」

『奈落』最下層の施設に比べれば、地上などたとえ国王の生活だって圧倒的に不便で、比較にも値しない。

とはいえライトは元々貧農出のため、地上での宿屋生活も別に不便は感じていないし、メイが好きなサウナも一度『奈落』最下層で体験したが、『サウナに入ると体が整うのがいいって言われたけど……。整うってなんだろう』という感想を抱く。

ライト的にはただ暑いだけだった。

メイに対して感想を口にしていないため、彼女は知らないが。

お風呂から上がると、メイは夜勤の妖精メイド達と打ち合わせをして、自室へと戻る。

自室で妖精メイド達から上がってきた反省文などをチェック。

一通り仕事を終えた後、就寝時間までがメイの自由時間になる。

ライトが持つハンカチ、袖を通すかもしれない衣服に針で刺繍をちくちくと入れていく。

愛しいライトが刺繍を入れた衣服などを身に纏う光景を想像するだけで、口元が綻んでしまう。

そして、就寝時間になると、寝間着(ねまき)に着替えてベッドへと潜(もぐ)り込む。

こうしてメイの一日が終わるのだった。

■番外編八　お風呂と秘密

「はぁ～、気持ちいい……」

「気持ちいいですが、眼鏡が曇るのがちょっと」

「あ～、体がとけそう～」

「ろ、ろろろ労働の後のお風呂さ、さささ最高」

いつもの妖精メイド達――プリメ（美少女個性なし妖精メイド）、デュエ（眼鏡妖精メイド）、メア（ギャル妖精メイド）、ヒフミ（オタクっぽい妖精メイド）が仕事を終え、夜番の娘達と入れ替わり、食事を済ませ、皆で『奈落』大浴場の女湯へと繰り出し、湯船に浸かっていた。

『奈落』大浴場女湯は文字通り、女性しか入れない風呂場だ。

大浴場の名前通り、巨大なお風呂で種類も多い。

普通のお風呂は当然として、サウナ、白濁湯、果物湯、シャワー、花を浮かべた湯などがある。

恩恵『無限ガチャ』カード、水魔術が使用できる者達が多く居るため、毎晩大量の湯を沸かすことができるのだ。

『奈落』は女性が多いため、ライトが気を使い福利厚生の一環として開放していた。

男性の湯もあるが女性側ほど広くはない。

とはいえ皆が皆、喜んでお風呂に入るわけではない。

中には風呂が嫌いな者も居た。

たとえばメラなどが代表的な風呂嫌いだ。だからと言って、彼女が汚い訳ではない。

様々な汚れを落とす手段はあるし、その気になれば売店で売っている『無限ガチャ』カード、『R　ウォッシュ』、効果は汚れを落とす――などで綺麗にすることもできる。

とはいえ、基本的にお風呂が皆から支持されているのに変わりはない。

「あっ、エリー様とナズナ様もお風呂に入って来た」

「……眼鏡が曇って見えません」

一番大きく一般的なお風呂に入っている妖精メイドの一人が、エリー&ナズナが風呂場に顔を出したことに気付き指をさす。

隣に座る眼鏡メイドが目を凝らすが、レンズが曇って見えない。

ナズナはタオルを片手に体を隠すことなくガンガンと進む。

「わーい、あたい、お風呂大好きだぞ！　大きいし、気持ち良いからな！」

「気持ちは分かりますが、待ちなさいナズナさん！　まずはちゃんと体を洗って汚れを落とさなければいけませんわ」

「あっ、そうだった。忘れてたぜ！　ありがとうな、エリー」

「まったくナズナさんは本当に手がかかるのですから……」

タオルで前だけを隠したエリーが溜息をつきながら、ナズナの手を引っ張り洗い場へと向かう。

彼女の頭や背中などを洗ってやるのだろう。

「エリー様とナズナ様って仲が良いよね～」

「ふ、ふふふ二人ともスタイル良過ぎ。え、えええエリー様は胸が大きく体のバランスが良いし、な、なななナズナ様はあの低い背にあの大きな胸とか、ははは、反則過ぎる」

「分かる～。同性のあーし達から見てもお二人とも惚れ惚れするぐらい良い体をしてるよねぇ～」

メアの言葉に、ヒフミが同意した。

「にゃ～」

エリー、ナズナが体を洗い始めるとアオユキが大浴場に姿を現す。

彼女に気付いたナズナが近付こうとしたが、泡だらけのためエリーに止められていた。

どうやらアオユキはナズナのちょっかいを避けるためタイミングを見計らっていたようだ。

「ちゃんと泡を流さないと滑るから危ないですわよ。第一、まだ耳の裏も洗っていないじゃありませんか。ちゃんと洗わないと駄目ですの」

「わ、分かってるよ、もうエリーは口うるさいなー」

ナズナがエリーに引き留められているのを横目に、アオユキは『ふっ』と小さく勝利の笑みを零しつつスルスルと滑るようにシャワー室へと向かう。

「……逆にアオユキ様はナズナ様を避けまくっているよね。お嫌いなのかな？」

「どちらかというと、ナズナ様がアオユキ様を構い過ぎかと。猫を可愛がり過ぎて逆に嫌われるっていう現象ね」

プリメの呟きに、デュエが適切なツッコミを入れた。

思わずメアが納得する。

「あ～確かにそんな感じがする～。ナズナ様に悪気はないけど、アオユキ様を可愛がり過ぎる感じがするもの～」

「で、ででもナズナ様が可愛がる気持ち分かる。アオユキ様、可愛いもの。か、かか体もすらっとしてお綺麗だし」

ヒフミの言葉に、他妖精メイド×三人が深く頷いた。

彼女達の視線はアオユキが入っていったシャワー室へと向いていた。

彼女がシャワー室に入ると、隣に並ぶ他シャワー室からスズが顔を出す。

短い黒髪が濡れ、瞳を縁取る長い睫から、雫を零す。

スズもお風呂好きの一人として有名だ。

そして、もう一つ有名な話題として――『彼女の下半身がどうなっているのか？』というものがある。

『UR　両性具有ガンナー　スズ　レベル七七七七』。

両性具有とはどのような状態なのか？

これを確認した者はライトを含めて誰一人としていない。

妖精メイド達の視線がスズの下半身へと集中する。

スズは長いタオルで前後ぴっちりと体を覆っている。

そのため胸だけではなく、下半身もしっかりとガードされていた。

「……スズ様って着やせするんだね。胸も結構大きいタイプなんだ」

「眼鏡が曇って見えないのが惜しいです」

「お肌も白くてスベスベで本当に羨ましい～」

「す、す、スズ様がシャワーで火照ったちょっと赤い肌最高に可愛いくてエロい」

妖精メイド達全員がスズの下半身に視線を固定、追尾しながら感想を漏らす。

スズは気付かず、いつもの乳白色のお風呂へと体を沈める。

当然、その際、タオルはお湯につけず、なおかつ絶対に周囲に下半身が見えないように体を湯へと沈めるのだ。

「……す、す、スズ様の下半身ってどうなってるんだろうね」

ヒフミが皆を代表して呟く。

「……今ってお風呂だからいつもの長い武器はないよね？」

「……皆で囲んで話で盛り上げて、のぼせさせて立ち上がるのを待てばワンチャン？」

「……長年の謎。スズ様の神秘を確認するのは下世話な興味じゃなくて、知的好奇心ってやつだし～」

他のメイド達もこぞって便乗し出す。

全員が視線を合わせて無言で立ち上がると、大浴場から乳白色の湯へ移動を開始する。

スズを囲み、のぼせるまで皆で取り囲めば、湯から出る際、いくらレベル七七七七でもタオルで下半身を隠すまでには若干のタイムラグが存在する筈。

四人の目でじっと見つめ続けて、スズの下半身を確認しようというのだ。

完璧！　圧倒的完璧な作戦だったが――。

「――貴女達、何を馬鹿なことをやろうとしているのですか？」

「きゃぁ⁉　メイド長⁉　アイスヒート様⁉」

声をかけられ振り返ると彼女達の直属の上司であるメイド長のメイ、右側の髪が炎のように赤く、左側が氷のように青い副メイド長（役職）のアイスヒートが立っていた。

二人ともスタイルが良く、胸の前をタオルで隠している。

「め、メイド長、いつからそこに……？」

「も、もしかしたらあーし達の話を聞いていました～？」

「サウナから出たらちょうど良いタイミングで。大浴場は皆の憩いの場、無粋なマネは止めなさい」

「べ、べべべつにウチ達はす、すす、スズ様とちょっと仲良くなろうと思っただけで、へ、へへへ変な言いがかりは止めてほしいって言うか」

動揺しつつもヒフミが反論する。

アイスヒートは頭が痛そうにこめかみを押さえた。

「なんでこう、うちの妖精メイド共は自由奔放というか、欲望に正直というか……。ご主人様の側でも囀りを止めないしな。やはりご主人様に進言して、もう少し厳しく接することを提案すべきだろうか？」

「ぼ、暴力反対！」

「アイスヒート様はすぐにゲンコツを行使しようとするの良くないと思います。眼鏡が壊れたらどうするのですか！」

「あーしも皆の意見に賛成〜」

「よ、よよ妖精メイドは繊細だからもっと優しくしてしてもば、ばば罰は当たらないと思う！」

「おまえら……」

アイスヒートが青筋を浮かべつつ、拳を握り締めた。

そんな彼女に対してメイが軽く手をあげて止める。

「……もしこれ以上、貴女達が反省せず、大浴場の憩いを乱すと言うのであれば罰を与えますよ？」

「ば、ばばば罰？」

妖精メイド達が素速く視線を交わす。

（罰って何をさせられるんだろう？　休みなしで働かされるとか？）

（それはむしろご褒美です。主様のため身を粉にして働けるなんて）

（スズ様の秘密を知れて、ライト様の為に働ける～。一石二鳥～？）

（い、いい意外な形で美味しい思いができそう！　ら、ららラッキー！）

反省の色が無い妖精メイド達を前に、メイが軽く溜息を漏らし、罰を告げる。

「もしこれ以上、反省せず、大浴場の憩いを乱すと言うのであれば——貴女達をライト様のお世話シフトから永久に外します。それでも良いのですか？」

『すみませんでした！』

妖精メイド四人が、その場で土下座した。

それはそれは見事な土下座だった。

一言で妖精メイド達を改心させたメイに、アイスヒートは尊敬の視線を向ける。

「さすがメイ様。メイド長らしい素晴らしい指導力です！」

メイはアイスヒートからの尊敬の視線を受けつつも、見事な手のひら返しをした妖精メイド達に頭痛を覚えた。

「……やはりメイド達への教育を私は誤ってしまっているのでしょうか？　我がメイド道は間違っている？」

目の前で土下座する妖精メイド達を前に、メイは自身のメイド道が間違っているのかもしれないとつい考えてしまう。

一方、陰ながら狙われたスズはというと——今夜もお風呂を堪能し、無事に誰にも体を見られることなく大浴場を後にしたのだった。

■番外編九　モヒカン冒険者達の報告

「あー、ちょっと失敗したな……」

人種王国領内の森。

その奥でモヒカンリーダーがぼやく。

彼らモヒカン冒険者×五人は、冒険者ギルドでゴブリン退治の依頼を受けた。

同時に『ゴブリンの巣ができている可能性があるため、その調査』も請け負った。

最近、ゴブリンが多くなっているため、巣ができている可能性がある。

だから、『巣が本当にあるのか』、『あるのならばその場所と規模は』などの情報を仕入れに森へと足を踏み入れたのだが……。

モヒカン達は特に苦もなくゴブリンを倒していた。

いくら冒険者ランクがE級とはいえ、ゴブリンに後れをとるほど弱くない。

そのままゴブリンを倒しつつ、巣を捜すため森の奥まで入ったのだ。

しかし、予定より深く潜り過ぎてしまった。

「今から町まで戻るとなると、日が暮れちまうな……」

「どうしますリーダー。森で一泊します？」

「まだゴブリンの巣も見つけてないっすからね」

「いや、なるべく急いで町へ戻るぞ。森で野営する準備をしていないからな。避けられる危険はできるだけ避けたい」

リーダーはすぐに決断を下す。

夜の森での野営は、通常の野営とはまた違う。

視界が悪く、夜行性のモンスター達が活発になり、平野とは違って頭上も警戒しなければならない。

森を想定していない装備で、野営をするのは危険度が高いのだ。

「ちょっと待ってください、リーダー。もうちょっと奥にゴブリンの巣があるかもですわ」

斥候を担当するモヒカンがリーダーに意見した。

「もうちょっとてのは、どれぐらいだ？」

「気配や複数の声が微かにするので、本当に近いと思いますよ。ちょっと覗いて位置を確認して、急げば森を抜けて日が完全に暮れる前には町に戻れると思います」

「……よし、位置だけ確認するぞ。後日、また来て規模や防衛設備、戦力なんかを確認するぞ」

リーダーの判断にモヒカン達が小声で返事をした。

決断を下すと、モヒカン達はより奥へと移動を開始する。

移動してすぐに複数の気配を斥候以外も確認することができたが……。

相手はゴブリンではなかった。

人種の山賊だ。

洞窟があり、その前に人種女性、子供達が集められていた。

商人らしき服装の人物と、山賊のリーダーらしい巨漢が話し合う。

どちらも人種だ。

「今回も良い感じに人種達を集めましたね。若い男性がいないのは残念ですが……」

「若い男は労働力として欲しかったんだが、小さな村を襲ったら無駄に抵抗しやがってな。老人共も皆殺しにして、結局、女とガキしか手に入らなかったんだよ」

「それはしかたないですね。労働に適さない女子供でも、今はあのクソッタレの魔女が出した『人種絶対独立主義』のお陰で売り手市場ですから」

(自殺志願者かな?)

距離を取り話を聞くモヒカン達の一人がツッコミを入れた。

（なぁ『クソッタレの魔女』って『巨塔の魔女』、エリー様のことだよな？）

（あいつらの会話を考えたらな。どうやらあいつら、人種の村を襲って、奴隷として違法販売しているようだな）

（エリー様が、人種奴隷禁止を宣言しているのに、わざわざ手を出すとか……）

（商人は金になるならなんでもやるって聞くが、普通同種を襲って売りさばくか）

（最近、ゴブリンが多く出ていたのも巣ができたんじゃなくて、あいつらがあの洞窟に住み着いたから、森の浅い場所に押し出されただけかよ。はた迷惑な）

　モヒカン達が彼らの会話を盗み聞き、ドン引きしていると商人と山賊オヤブンが会話を重ねる。

「聞いた話じゃ、『巨塔の魔女』は絶世の美女らしいな。しかも、その配下の妖精のようなメイド達も誰もが絶品の美女揃いとか。魔女は難しいだろうが、その妖精達は金銭で売り買いはしていないのか？」

「はい、してませんね。当然、魔女に話をもちかけた商人はいましたが、睨まれて気絶させられたらしいですよ。以後、その商人は『巨塔街』に入ることを禁止されたとか」

「なら、無理矢理襲って攫うのはどうだ？」

「無理ですよ。妖精メイド達も並の冒険者より強いらしいですから。手を出そうとした馬鹿が一部いたらしいですが……」

「いたが？」

　商人が暗い笑みを浮かべる。

「『そんな奴は最初からいない』ことになったそうですよ」

「あん？　それはどういう意味だ」

　山賊オヤブンが首を捻った。

　商人は怪談話をするようなノリで語る。

「『巨塔街』に住んでいた人種青年が、妖精メイドの色香に狂って襲ったらしいですが……以後、姿を消したそうです。そして、誰に尋ねても『最初からそんな青年はいない』と口を揃えて言うんですよ。『巨塔街』を出入りする商人の間では有名な話です」

「それも魔女の力なのか？」

「どうなんでしょう。ただ妖精メイドを手に入れるのは不可能ってお話ですね」

　山賊オヤブンがつまらなそうに吐き捨てる。

「チッ、面白くねぇ。だが、絶世の美女と言っても、どうせ並よりちょっと良いぐらいなんだろ。話なんてのは尾ひれがつくものだからな」

「あははは！　確かに。噂話など誇張されてなんぼですからね。自分が聞いた話では可愛らしく、美女揃いだったらしいですが根暗そうだったり、匂いがきつそうだったり、態度が悪く性格ブスだったり、美女過ぎて逆に個性が消えていたり、欠点もあるそうですよ」

「ガハハハ！　やっぱりな！　魔女だっていつも顔を隠しているって話だしな！　どうせ人様に見せられないぐらい不細工なんだろ！」

商人、山賊オヤブンがエリー&妖精メイドの容姿を貶し、馬鹿にした。

『酸っぱいブドウ』ではないが、自分達の手に入らないものを貶して、心の安寧を測っているのだ。

一方、偶然にもエリー&妖精メイドへの暴言を耳にしたモヒカン達はと言うと……。

全員、青ざめていた。

（エリー様と妖精メイド達に喧嘩売るとか……）

（『奈落』最下層じゃ考えられないぞ）

（手の込んだ自殺志願者かな？）

（これ報告しないといけない案件だけど……誰がするんだ？）

（そりゃ、リーダーに決まっているだろ。俺は嫌だぞ。報告とはいえ、エリー様と妖精メイドに対しての暴言を伝える役とか！）

モヒカン達の視線がリーダーモヒカンに向けられた。

彼は心底嫌そうな表情を作る。

（俺だって嫌だよ！　だが、俺達の戦力じゃあいつらを倒して、あの人種達を救い出すのは難しいしな……）

山賊オヤブン、商人は洞窟前で話をしているが、その周辺に手下が居る。

恐らく洞窟奥にも手下は居るだろう。

モヒカン達のレベルは高くない。

せいぜいレベル二〇～二五程度だ。

相手も人種といえ、あの人数を相手に人質を守りながら殲滅は難しい。

また洞窟の奥に他人種達がいるかもしれないのだ。

「それじゃ自分は明日、奴隷を連れて魔人国に向かいますので、今夜は泊まらせて頂きますね。あと決して商品に手を出さないでくださいね。下手に手をつけて商品価値が下がってはたまりませんから」

「分かっている。第一、こんな農村の女どもより、金を払って街のプロとやった方がいいからな。おい、奥に連れて行け」

部下に指示を出し、手を数珠繋ぎに縛られた女性、子供が洞窟奥へと連れて行かれる。

その後を商人、山賊オヤブンが続き、他部下が洞窟前に歩哨として立つ。

モヒカン達は目を合わせて、ゆっくりと気付かれないように引き下がった。

声を出しても問題ない場所まで引いた後、今後について話をする。

「で、どうする？」

「どうするもこうするも、見捨てる訳にもいかないですし、リーダーが報告して『奈落』最下層に増援を頼むしかないと思いますよ？」

「だよな。町に戻って事情を話して、戦力を整えて……なんてやっていたら逃げられる可能性もあるし」

モヒカン達の意見にリーダーは頭が痛そうにこめかみをぐりぐりと押す。

「それしかないか……。エリー様や妖精メイド達の悪口を伏せて連絡すれば問題ないしな」

リーダーは割り切り、小鳥を呼び寄せ『奈落』最下層経由で増援を求める判断を下す。

エリー、妖精メイド達の悪口を伏せて報告する予定だったが……。

「へぇ〜、そうなんだ。『巨塔の魔女』様、エリー様の宣言を無視して、人種村を襲って奴隷として売りさばいているお馬鹿さん達がいるんだ。しかも、わたし達の悪口も言ってたとか」

結局、詳細な情報を吐き出された。

見た目はとんでもない美少女だが、そのせいか逆に個性が薄くなっている妖精メイド、プリメが笑いながら告げた。

　顔は笑顔だし美人で可愛らしくはあるが、モヒカン達はときめき、顔を赤くするどころか冷や汗を掻き青くなっていた。

　モヒカンリーダーが代表して、返事をする。

「う、うっす。ぐ、偶然、発見して。山賊もですが、捕らえられている人数も多いため俺達には手に余ると思い応援を呼ばせて頂きました」

「賢明な判断ですね。人質となっている人種達を確実に助けるのなら、モヒカンさん達だけでは厳しいでしょう。それに『地味で、根暗で、居るか居ないか分からない』と言った奴らには、是非とも鉄槌をくださなければ」

（山賊達も別にそこまでは言っていないが……）

　眼鏡妖精メイド、デュエが真っ白な額に青筋を走らせ、眼鏡を苛立たせて動かす。

　モヒカンの一人が胸中でツッコミを入れるが、発言を訂正することより自分の身が可愛いため口にはしない。

「あーし、別に性格悪くないし。もしこれがライト様の耳に入って、悪い印象持たれたらどう責任とるつもりっていうか〜。マジ、むかつくわぁ」

「う、ウチだって毎日お風呂に入っているから無臭だよ。匂いがきつそう云々とか、乙女に言うことじゃないよ」

ギャル系っぽい妖精メイド、メアはぷりぷりと怒り、オタクっぽい妖精メイド、ヒフミが涙目で抗議の声をあげた。

二人の発言は可愛らしくあるが……発する殺気は本物だ。

レベル五〇〇の殺気を身近に感じてレベル二〇前後のモヒカン達は震え上がる。

いくら容姿が美人で可愛らしくても、中身を知っているためモヒカン達が彼女達に異性に向ける恋愛感情を抱くことはない。

むしろ、これから山賊達に起きる惨状に、同情心すら抱いた。

プリメが声を上げて、注目を集める。

「とりあえず、エリー様からも『人質の救助を優先するように』と指示を受けているから、まず人質の救助を優先しましょ。救助するためのカードも預かっているので、モヒカンさん達にもご協力をお願いしますね」

「!?　まさかこんな上等なカードまで使用するとは……」

「それだけエリー様――引いてはライト様が人質の救助を望んでいるということです。なので失敗は絶対に許されません」

今回、人質救出に使用されるカードを見せられ、上は本気だとモヒカン達も理解した。

つまり、作戦の失敗は自分達を顕現（けんげん）させてくれた神であるライトの威光（いこう）に傷をつけるということだ。

もし人質の一人でも死亡させ、ライトの威光に傷などつけたら自分達が腹を切って詫（わ）びても詫びきれるものではない。

俄然（がぜん）、モヒカン達も気合を入れる。

……気合を入れるが、今回使用されるカードを考えれば救出はほぼ成功したようなものだが。

次に山賊、商人の扱（あつか）いについて言及（げんきゅう）される。

「山賊と商人にかんしては……商人はなるべく生きたまま確保するようにとのことです。今までどれぐらいの人種を奴隷として誰に、どれだけ売ったのか。その販売（はんばい）経路、手法なんかを今後のために吐いてもらう必要があるので。捕らえた後の情報収集も任されているから、たっぷりと体に聞かせてもらうわ。それから、山賊にかんしては抹殺（まっさつ）で」

プリメが、その美貌（びぼう）で笑いながら繰り返す。

「オールウェポンズフリー、オールウェポンズフリーよ。山賊は一匹（いっぴき）残らず殺せとのご命令よ。たとえ命乞（いのちご）いをしてきても、事情があって山賊に身を落としていた者でも、トイレに隠れてやり過ごそうとしている奴がいても見つけ出して殺せとのご命令よ。『奈落』最下層の妖精メイドの名に懸けて、悪党は絶対に全員地獄送りにするように」

極まった美貌が笑顔のまま、残酷な台詞を吐く。

まるで台詞まで美しい内容だと錯覚してしまうほど、彼女の笑顔は完璧だった。

「お任せを。部屋に埃一つ残さないほど綺麗に掃除するのはメイドの嗜みですから。山賊共を皆殺しにしてみせます」

デュエが断言。

「山賊は一匹も逃がさないっていうか〜」

「な、『奈落』最下層の妖精メイドの名に懸けて、ぜ、絶対に逃がさない。お、お、鏖殺しないと……ッ」

メア、ヒフミも続いて気合いを入れた。

レベル五〇〇〇の妖精メイド達の殺気を浴びて、モヒカン達が怯える。

自分達に向けられている殺気ではないのにだ。

（こ、怖ぇえ！　怖ぇええよ、リーダー！）

（お、俺だって怖いわ！）

（マジ、こういうのを見ると女性に対する幻想が壊れるから止めて欲しいわ……）

（あの商人、山賊達も馬鹿なことをしたよな。いくら利益のためとはいえ妖精メイド達を

敵に回すなんて）
（ナントカは死ななきゃ治らないっていうし。自業自得じゃねぇ？）
モヒカン達は殺意に燃える妖精メイド達に怯えながら、男性だけで集まりひそひそ会話をするのだった。

☆　☆　☆

「ふわぁ……眠みぃ……」

「ああ、くそ、だりー」

人種の山賊達が隠れている洞窟前。

見張りとして立っている山賊×二人が愚痴をこぼす。

「こんな真夜中、森の奥に誰かが来るなんてありえないのに、どうして見張りなんかしなきゃならないんだよ。クソが」

「冒険者はともかく、ゴブリンが迷い込んでくるかもしれないだろう……ふわぁぁ～」

「ゴブリンが迷い込んでも追い払えばいいだろうが。しかも、捕まえた女共も自由にできないし、何が山賊だよ」

「気持ちは分かるが、オヤブンの言い分ももっともだろう。田舎臭い女を抱くより、街で商売女を相手にするほうがいいだろう。美人で、肉付きもいいし、技術もある」

「そうだけどよ。折角、山賊なんてやっているんだから、泣き叫ぶ女を犯したり、命乞いをするのを嬲ったり、一人を複数でとか色々やってみたいじゃねぇか」

「気持ちは分かるけど、お前と穴兄弟になるとか、嫌だってレベルじゃないだろ」

「馬鹿野郎、とっくに商売女でなっているだろうが、ははは」

見張り二人はやる気なく馬鹿話で盛り上がっていた。

集中力にも欠けて練度も低く、やる気もないが、見張りは見張りである。

「今晩は、良い夜ですね」

「「!?」」

すぐ目の前に現れた、汚れ一つない極上のメイドに声をかけられた。

今夜は雲一つない晴天。

満月で、森の奥にある洞窟とはいえ周囲を見張るには十分だった。

にもかかわらず先程までは、絶対にその場に誰も居なかった。

見張りとして二人は断言できた。

だが、二人の証言を否定するように一人の少女が立っている。

着ている衣服はシンプルなメイド服だ。

頭の上にしっかりとホワイトブリムも着けている。

背中には月光をキラキラと反射する妖精のような羽根を背負っていた。

だが深夜、森の中、妖精の羽根が生えた少女が居る異様さより、山賊達は少女の美貌に驚愕する。

まるで『美』を追求し、辿り着いたような完璧な美少女の顔立ちをしているのだ。

彼女の美し過ぎる顔立ちの前に、深夜、森の奥地で突然姿を現したメイドという異様さなど霞むほどである。

だが、いつまでも驚いている場合ではない。

山賊達は驚愕から立ち直り大声をあげる。

「お、オマエ、何者だ⁉　どこから湧いて出やがった！」

「一人か、それとも他に仲間がいるのか？」

大声を上げたのは威嚇もあるが、異変を洞窟奥に居る仲間達に知らせる意味もあった。

やる気と練度は低いが、美女に対してスケベ心を出すほど馬鹿ではない。

自分達の命も左右されるため、見張りとして最低限の常識ぐらいはあった。

二人は大声で誰何しながら、ジリジリと洞窟の方へと移動する。

洞窟の内部は二人の声が届いたのか、ざわつき始めていた。

突然姿を現した妖精のように美しいメイドは、二人の意図を理解しつつも、特に慌てた様子は見せない。

「おじ様方、何者だなんて酷いですよ。皆様がわたし達のお話をしているから、わざわざ足を運んだというのに」

妖精メイドが笑う。

美しい顔立ちで笑うが……プリメの笑顔は美し過ぎるせいで正直、印象に残らない。

胸中で彼女を批評しつつ、山賊達が返答する。

「話をした？」

「話……!?　『巨塔の魔女』！　その羽根、まさか妖精メイド!?」

「はい、正解です。では正解した貴方達には『死』をプレゼントしてあげますね？」

「何をいっ――」

台詞の途中、隣に立ってつい先程まで馬鹿話をしていた同僚の顔が潰れた。

そのせいで最後まで言い切ることができず、トマトのように頭部がぐちゃぐちゃに潰れてしまったのだ。

美少女過ぎるメイドのプリメが、台詞の途中で手を振ったのと同時にだ。

プリメの手には濡れているようにしっとりした鎖付き分銅が収まっていた。反対側には短剣が繋がっている。

『SSR　ナズチ』――水属性の短剣、鎖付き分銅だ。常に濡れているように艶やかで、攻撃をすると飛沫が飛ぶ。聖水効果もあり、邪悪な存在には致命的なダメージを与える。投擲しなくても所持者の意思で自在に動き、所持者の実力によってリーチが伸び縮みする。隠し武器としても有効。

プリメが再び笑う。

綺麗過ぎる笑顔が、月光に照らされより美しさを持つ。

山賊はその笑顔を前に美しいとは思うが、恐怖しか感じない。

美しすぎる死神にしか見えなかった。

その死神が目の笑っていない笑顔で告げる。

「誰が特徴のない凡庸メイドですって？　ねぇ、それって誰のことなの？　ねぇ？」

「いっ、言ってない！　おれはいって、言ってない！　だからたす――」

「お黙りなさい！」

再度腕を振るう。今度は分銅ではなく、反対側に備わっている短剣を振るう。鎖に繋がった短剣は、山賊の首と胴体を切り離す。

見張りを排除後、残り三人の妖精メイドが姿を現し、中へと入る。

「……中、臭いわね」

「こんな環境じゃ、お風呂に入るとかできないだろうし。当然といえば、当然じゃない～」

「こ、こんな奴らに、ウチは『匂いがどうこう』とか思われていたかとか……絶対に許さない！」

デュエが洞窟内部の臭いに眉根を寄せ、メアが理由を指摘。

ヒフミが、自分達を差し置いて『匂いがきつそう』という評価を下されたことに再度、怒りを覚えた。

四人は特に緊張感もなく内部へと入って行く。

逆に洞窟内部の山賊達は、見張りの悲鳴に気付き、慌ただしい音をたてる。

寝ていた所を起きたのか、普段身に着けている革鎧は装備せず、鉈、斧、ナイフ、ショートソード、弓などを手に姿を現す。

彼女達の姿を目にした山賊達は、『め、メイド?』と誰しもが首を傾げる。

まるで未だ自分達が眠っていて夢を視ていると錯覚しているようだった。

しかし、その錯覚も長くは続かない。

デュエが鞘に収まっていた刀を抜きながら、歩み寄る。

「さて地味で、根暗で、居るか居ないか分からない、居てもたいしたプラスにならないと言った奴から前に出なさい。今なら楽に殺してあげますよ？」

『!?』

冷や水を頭からぶっかけられた方がまだマシな寒気が、山賊達を襲う。

生物の本能として、一部の者が声をあげる。

「ち、近づけさせるな！　弓を持っている奴はとにかく撃て！」

叫びに反応し、弓持ち山賊が矢を放つが、

「当たっていないのか？」

デュエは自身に放たれる矢など一切気にせず、ずんずん歩いて近付いてくる。

洞窟を照らすのが一部ランタンのため、光源に乏しく一見すると矢が当たっていないように見えるが実際はちゃんとヒットしていた。

強力な魔術武具でもない矢など、レベル五〇〇の妖精メイドに傷を負わせるなど不可能だ。

赤ん坊が巨石を素手で割る方がまだ可能性がある。

「ふん！」

「うぎゃ!?」

デュエは接近した山賊の体に刀の先端（せんたん）を突き刺（つさ）す。

「地味眼鏡と揶揄（やゆ）した罪を償（つぐな）いなさい」

「お、おれはそんなこと言ってないです！」

「お黙りなさい――『八頭（やつがしら）』よ、力を解放しなさい！」

「ぐばげェッ⁉」

山賊の体内から、八つの刃（やいば）が飛び出た。

当然、山賊は即死（そくし）だ。

デュエが手にしている刀は『ＳＳＳＲ　八頭（やつがしら）』。刺した敵の内部に複数の刃を発生させる。

発生する刃は八だ。

ちなみに体内から刃が飛び出す際、周囲に飛び散る血などは、デュエが風魔術（かぜまじゅつ）を使用し飛び散らないように配慮（はいりょ）する。

非効率的な殺害方法だが、これにもちゃんと意味がある。

ただ殺すだけなら、一瞬（いっしゅん）だ。

彼らが少しでもその罪を贖（あがな）うため恐怖を与えようとしているのだ。

彼女だけではない。

「あーしの性格が悪いとか、どこ情報よ。ねぇ、どこ情報～？」

「た、助け、や、止めてくれ!? それ以上、体に刺さったら! ぎゃぁぁぁぁッ!」

「ウチ、臭くないし。むしろそっちのほうが絶対臭いし」

「あ、足が俺の両足が切り落とされて、傷口が凍り付いたぁぁぁぁ!?」

メアは周囲に滞空する無数の手裏剣を、山賊の手足などなかなか死に辛い箇所に次々刺していく。

『SSSR 万葉』。名前の通り、万の数に分裂させることができる手裏剣だ。しかも使用者の意思によって操作可能で、大きさも自由自在。

ヒフミは逃げようとした山賊の足を広げた鉄扇で切断。その際、追加の魔術攻撃によって山賊の両足が凍り付いてしまう。

彼女の持つ鉄扇の名前は、『SSSR 烏扇』。見た目真っ黒な扇子だが、広げて攻撃すると魔術攻撃がランダムで発生する。さらに敵を切断すれば、追加攻撃としてランダムで攻撃が追加される。また耐久性が非常に高い。

山賊達がどれだけ攻撃を加えようと、美少女メイド達を傷つけることは一切できない。

しかも味方が次々と殺されていくのだ。

この状態で士気など保っていられない。

「に、逃げろ! 化け物だ! 見た目は可愛いが化け物が攻めてきたぞ!」

「逃げろってどこにだよ⁉　前には化け物が――」

「誰が化け物よ。こんな可愛いわたし達を捕まえて、失礼しちゃう！」

プリメの鎖分銅によって頭部が破裂。

それを間近で浴びた山賊は悲鳴もあげられず奥へと逃げ出す。

それを切っ掛けに雪崩を打ったように生き残りが奥へと逃げ出した。

「奥に逃げ道がないのは把握済みですが。彼らはこの後、どうするつもりですかね？」

「さぁ？　やっぱり命乞いとか～」

「命乞いしても、む、無駄だけどね。だ、だって皆殺し確定だもの」

妖精メイド達は生き残りが居ないかしっかり確認しつつ、走り去った山賊達の後を追った。

☆　☆　☆

「きょ、『巨塔の魔女』の妖精メイド達が攻めてきただと⁉」

「は、はい！　あいつらヤバイですよ！　矢も、ナイフも、斧の攻撃でも傷がつかないし、普通じゃない。内側から刃が無数に生み出されて！　あ、あ、あんな死に方はごめんだ！」

部下の一人が奥で寝ていた山賊オヤブンに報告をしてきた。

他にも先程の戦闘で生き残った山賊達がガタガタと震えている。

聞こえてきた悲鳴、ざわめき、濃い血の臭い、彼らの反応から、嘘偽りでもなく『巨塔の魔女』の妖精メイド達が攻めてきたのだろう。

（まさかこんなちんけな山賊に魔女が介入してくるなんて……ッ。魔女の耳の良さを侮ったか？）

山賊の親分は後悔に駆られるが、実際、モヒカン達が偶然発見したに過ぎない。

震え上がる部下達に山賊オヤブンは腹を決めて指示を出す。

「今更ガタガタ騒ぐな！　牢から適当なガキか、女を連れてこい！　人質にして相手が逆らうようなら殺すと脅せ！　相手は『人種絶対独立主義』なんて甘い妄想を垂れ流しているアホ共。人質は効果があるはずだ！　残りは今すぐ出入口に机や荷物でバリケードを作れ！　死にたくなかったら急げ！」

『りょ、了解しやした！』

ガタガタ震えていた部下達だったが、指示を出されれば動く。

文字通り自分達の命がかかっているからだ。

人質を取りに行く者達と、バリケードを作るため椅子や木箱など適当に障害になりそうなものを片っ端から積み上げる者達に分かれる。

他はなどの遠距離攻撃可能な武器を漁る者達もいた。

——しかし、その全てが無駄である。

「オヤブン、居ません！」

「あん⁉　何がだ！」

「居ないんです！　捕まえてきた人質が誰一人、居ないんですよ！」

この報告に火がついたように動いていた現場が、水を打ったように静まりかえった。

『人種絶対独立主義』を掲げる相手との交渉材料である人質が居ない。

足下がガラガラと崩れる音を幻聴ではなく山賊達は確かに耳にした。

最初に意識を回復させたのは、山賊オヤブンだ。

「ば、ば、馬鹿を言うな⁉　なんで居ない！　人質なら馬車がいっぱいになるほど居ただろうが⁉　なんで居ないんだ！　よく探せ馬鹿野郎！」

「探すも何も、牢はすっからかんなんですよ！　隠れる場所なんてありません！」

親分の激昂に、部下も怒鳴り返す。

「ふざけるな！　なら馬車が一杯になる人数に逃げられたとでも言うのか⁉　寝ていたから横を気付かれずに、女子供が素通りしたとでも⁉　ふざけていないでいいから連れてこい、この無能が！」

「当たらずとも遠からず、ですかね？　正確には侵入する際、まったく気付かれないようにしたんですよ」

『!?』

彼らの言い争いに第三者が口を挟む。

プリメだ。他、デュエ、メア、ヒフミの妖精メイドが姿を現す。

バリケードを作っていた筈の者達が血を流し倒れていた。

サイレントキル——言い争っている間に山賊達を始末したのだ。

プリメが話を続ける。

「モヒカンさん達には『SSR　存在隠蔽』カードで姿を消して先行してもらい、人質と合流後、『SSR　転移』カードで『巨塔』に移動してもらったんですよ。ちなみに商人さんも確保済みです。今頃あちらで拷問をされていると思いますよ」

今回、人質救出にあたって『SSR　存在隠蔽』&『SSR　転移』カードが使用された。

『SSR　存在隠蔽』を使用すると五感、魔術的力、マジックアイテムでもその存在を認識することができなくなる。

あとは人質と接触（せっしょく）し、『ＳＳＲ　転移』カードで『巨塔』へと移動するだけだ。

モヒカン達だとレベル的に足を引っ張るため、妖精メイドのバックアップに回ってもらった。

山賊達はカードの話をされても分からず、反応は鈍（にぶ）い。

ただ確信する。

『自分達はここで殺される』と。

絶対に助からないと本能で理解する。

妖精メイド達は笑う。

誰（だれ）もが絶世の美しさで笑う。

「ま、待って！　待ってくれ！」

切り札である人質をどういう訳か奪（うば）われたと理解した山賊オヤブンが、青い顔で制止の声をあげる。

彼は冷や汗（あせ）で濡れた顔で叫び出す。

「お、オマエ達は妖精メイドだろ⁉　『人種（ヒューマン）絶対独立主義』を掲げる『巨塔の魔女』の！　ならおれ達をなんで殺すんだ！　おれ達はオマエ達の主である魔女が掲げる『人種（ヒューマン）絶対独立主義』の人種！　守るべき存在だろうが！」

山賊オヤブンは、人質を失ったため『自分達も人種だから守る対象だろ』と訴（うった）え出す。

この発言に部下達も『さすがオヤブン、冴（さ）えている！』と表情を明るくし、加勢する。

「そ、そうだ！　おれ達は人種だぞ！」

「『人種（ヒューマン）絶対独立主義』なんて掲げている奴の部下が、率先（そっせん）して人種を殺してもいいのかよ！」

「魔女の部下なら、ちゃんと主義を守れよ！　主義をよ！」

山賊達が思い思いの声を上げた。

この叫びにデュエが、軽く眼鏡を上げて指摘する。

「でも貴方達、山賊ですよね？　モンスターの一種のようなものですから、『人種（ヒューマン）絶対独立主義』の対象には含（ふく）まれませんよ」

「いや、含まれるだろ！　山賊だが、人種なんだから！」

「人種だからあーし達が無条件で守る訳じゃないし。罪を犯した奴がいたら、しっかりケジメもつけるしね～」

「そういう意味で、さ、山賊（さんぞく）さん達は既（すで）に処罰（しょばつ）の対象だから」

彼女の後にメア、ヒフミが続く。

最後にプリメが美少女過ぎる笑顔で断言する。

「それに上から『罪をあがなわせるために始末しろ』とご命令を受けているので、皆様がどれだけ足掻こうと皆殺しは決定事項です。この世界で最もいと尊きお方がそうお決めになったのですから、全滅が皆様の終着地点にならなければならないのです。絶対に」

『…………』

殺される以上の寒気をプリメから、山賊達は感じ取った。

彼女の発言に他の妖精メイド達も深く同意するように頷く。

ライトに対する絶対的な忠誠心。

ライトが山賊達の『皆殺し』を決定したのなら、それが絶対だと彼女達は魂の底から信じ切っているのだ。

その狂気的忠誠心に僅かながら触れたため山賊達は、それ以上の反論もできず震え上がることしかできなかった。

プリメが告げる。

「それじゃ皆様の罪を償うために、始めましょうか」

「たすけ――がいやぁ！」

「いやだ！　死にたくな――」

「こんな死に方あんまりだ！　せめてもうちょっとマシな――」

「出す！　金なら出す！　金！　財宝ならたんまりと持っているんだ！　だからおれだけは助けてぎゃあぁぁぁぁっ！」

洞窟内部で悲鳴が木霊した。

その悲鳴も暫くすると、一つもなくなってしまう。

この日をもって、人種を攫っていた山賊達は文字通り全滅したのだった。

■番外編一〇　温泉

妖精メイドの指示に従いエリーが召喚したドラゴン達が、原生林の木々を掘り返していた。

『巨塔街』外縁部。

指示を出す妖精メイドが不満気に声をあげる。

「あーもー最悪っていうか。本当に地上での作業とかハズレだし～」

「き、き、気持ちは分かるけど、あんまりお、お、大きな声を出すとき、聞かれちゃうよ」

文句を漏らすギャル妖精メイドのメアに、オタクっぽい妖精メイドのヒフミが釘を刺す。

妖精メイドとドラゴンの他に、『巨塔街』に住む人種男性が木々の処理、空いた穴の埋め直し、他力仕事をおこなっている。

ギャルメイド達からは距離があるため、二人の会話を耳にすることはできないが、遠目でちらちらと下心が混じった視線をいくつも受けた。

妖精メイド達は誰しもが地上の女性達とは比べものにならないほどの美少女、美女で、男達の一部はどうしてもついつい欲の混じった目で追ってしまう。

一方で妖精メイド達からすれば……。

「あーし達の体、魂、吐き出す吐息一つも全てライト様のものなのにさぁ～。ああいう目を向けられると本当に腹が立つっていうか～」

「ま、まぁね。で、で、できれば開拓もぜ、全部、ウチらでやらせてもらえればもっと、こ、こ、効率がいいのに」

実際、全て妖精メイドとドラゴン達がすれば外縁部の開拓作業はもっと早く進む。

とはいえ、それでは仕事を作ることができない。

なので効率が悪くても、仕事を作るためにわざわざ人種男性を入れているのである。

理屈は分かるが……感情的にはあまり良い気持ちはしないため、やはり地上での仕事は妖精メイド達からは不人気と言えた。

故に持ち回りでおこなっている。

『グルル』

「？　な、な、なんか岩がで、出てきたらしい。ど、どうしようか？」

「開拓の邪魔だし、ドラゴンに取り除いてもらえばいいんじゃない～」

『グルル！』

開拓の途中に地面からひょっこり大きめの岩が出ていた。

メアの指示で、ドラゴンが声を上げると岩を掴む。

そのまま人外の力で力任せに引っ張るが……なかなか抜けず、難儀する。

『グルル！』

ドラゴンは知能が高い。

力任せに頼るのではなく、今度は左右に揺さぶって隙間を作る。

十分隙間を作った所で、再び引っ張ると……地面に埋まり収まっていた岩は意外なほどあっさり取り除くことができた。

ただ問題があるとすれば……。

『グルル!?』

「えぇ!? 何、水～！」

「あ、あ、熱いからこれってお湯じゃない？」

ドラゴンが岩を引っこ抜くと、なぜかお湯が吹き出た。

妖精メイド達の指示で、再びドラゴンに岩を戻させて蓋をする。

このトラブルに一時、開拓作業は一部中止になってしまった。

そしてこの報告は上を通し、ライトへと伝えられる。

☆　☆　☆

「地上で温泉が出た？」

『奈落』最下層の執務室で、エリーから『巨塔街』の進捗を聞かされる。

その中に一件、面白い案件が交ざっていたのだ。

エリーは僕に会えるのが嬉しいらしく、微笑みを浮かべながら報告を続ける。

「外縁部の開拓中に岩を取り除いた際、お湯が出てきたとか。一時岩を戻して、魔術によって完全に湯が漏れ出ないよう蓋をしたそうですわ。妖精メイドが成分を確認した限りただのお湯ではなく、過去文明でも有名な『温泉』で間違いないとのことですの」

「まさか『温泉』を掘り当てるなんて。面白いこともあるもんだね」

過去文明にかんする資料はダンジョン化した遺跡、建物から得られる書籍、昔からの言い伝えなど様々な形で現代にも伝わっていた。

『種族の集い』時代によく耳にしたのは『～遺跡には未だに発見されていない過去文明の宝が眠っている』、『～ダンジョンには過去文明から存在する強いモンスターがいる』、『～の過去文明の建物に入ると生きては出られない。だから注意しろ』云々、胡散臭いものから、お宝関係のものなどが多かった。

その中でも『温泉』ネタは有名な話である。

過去文明の遺跡から発掘された書籍によく登場するため、冒険者だけではなく、一般人の間でも有名な話だ。

その過去文明の書籍によれば温泉に入ると……打ち身、擦り傷、疲れ、肌荒れなど簡単な傷の治癒だけではなく、美容にも効果が高いとか。

他にも露天風呂、果実を浮かべた風呂、かけ湯、温水滑り台、さらに男女一緒に入るお風呂——など他種多様な種類があったようだ。

「火山が多いドワーフ王国領土に、過去文明の『温泉』を再現した町があるって聞いたことはあったけど、『巨塔街』にも温泉が出るなんて思わなかったよ」

「ライト神様は、そのドワーフ王国の温泉町を訪れたことはありませんの？」

「ないね。ああいう場所はお金に余裕がある人達か、話のネタに行くような場所だから」

さすがに『お湯に入るため』に大金を支払ってドワーフ王国領土にある温泉町に行く気にはなれない。

「ただ入った者達の評判は良いらしいよ。普通のお湯に入るより気持ちいいって」

「恐らくですが、地下から出ることで湯に体を労る、健康にする成分が溶け込み、それに浸かるため普通の湯より気持ちよくなるのだと思いますわ」

「さすがエリー、ただのお湯と温泉の違いをもう突き止めているなんて」

「いえ、この程度、ライト神様の英知に比べれば大したことではありませんの」

エリーは恐縮しつつも、僕に褒められて嬉しそうに一礼した。

「しかし出たんだから、そのまま蓋をするのも勿体ないか……。折角だから、その温泉を利用する建物を作るのもありかもしれないね。燃料を使わずお湯が使えるなら、楽に体を洗うことができて『巨塔街』住人の公衆衛生に役立ちそうだし」

「さらに公共事業として労働者を募ることで、新しい雇用も創造するのですね。さすがライト神様ですわ！　まさに理に適った策かと」

「あははは、ありがとうエリー。それに折角だから、完成した暁には皆で一緒に入りたいね。温泉に入るなんて滅多にできることじゃないから。皆の日頃の疲れを癒すためにも」

「!?」

この言葉にエリーは、強敵からまったく予想していなかった奇襲攻撃を受けたかのような衝撃的表情を作った。

だが、その表情もすぐに先程まで浮かべていた微笑みに変わるが……どうも、先程に比べて貼り付けたような感じになっていた。

僕は何か不味いことを言ってしまっただろうか？

思わず尋ねる。

「エリー、僕は何か変なことを言ったかな？」

「いえ、ライト神様は何も変なことを仰ってはいらっしゃらないかと。むしろわたくし達のことを労ってくださるそのお優しいお心に感動しているだけですの」

「？　なら良いんだけど……」

感動したからあれほど驚いたのかな？

（うーん……ない話ではないのか？）

僕が首を傾げているとエリーが笑みを作り、声を出す。

「では早速、温泉地を作る作業指示を出させて頂きますわね。なるべく早急に皆で入れる温泉地をお作りしますわ！」

「うん、よろしく頼むよエリー」

エリーの声に反応して僕は返事をした。

彼女はお手本のような優雅な礼をすると執務室を後にする。

☆　☆　☆

執務室を後にしたエリーは頬を赤く染めて、廊下を歩く。

「ま、まさかライト神様から直接、皆（エリー達）と一緒に温泉に入りたいなんて……ッ！」

小声だが興奮気味に独り言を漏らす。

「ら、ライト神様からあんな積極的なお言葉が出るなんて！　もうこれはその日がライト神様とわたくしの愛を生み出す日になるに決まっていますわ！」

エリーの脳内でピンク色の妄想が繰り広げられた。

彼女は思わずその場に立ち止まり、自身の妄想の恥ずかしさで耳まで赤くし、両手で顔を押さえて悶えてしまう。

廊下には誰もいなかったからいいが、その姿を目撃されたら、エリーの株は確実に下がっていただろう。

彼女は羞恥心を落ち着かせて、

「ライト神様と初めて体を重ねる場所が温泉で、しかも複数人の視線があるなんて些か問題で、乙女的にはもう少しロマンチックな雰囲気をお願いしたいところですが……全てはライト神様のお望みのままに！　将来の后、良き妻、良妻賢母としてこのエリー、気合を入れて頑張りますわ！」

頭がピンク色になったエリーが、両手を握(にぎ)り締(し)め改めて気合を入れたのだった。

☆　☆　☆

『巨塔街(きょとうがい)』外縁部で、原生林を開拓していると源泉が出た。

ライトに報告をすると、『折角だから温泉を利用する建物を作ろう。公衆衛生のために』と口にする。

指示を受けた『巨塔』責任者であるエリーが、早速源泉を発見した妖精(ようせい)メイド達を集めて、ライト発案『温泉施設(しせつ)建設作業』の説明をおこなう。

本来であれば、地上での活動は持ち回りだが、『温泉施設建設作業』にかんしてはライトからの指示のため、妖精メイドを責任者として固定。

そうすることでいちいち新しい妖精メイド達に説明し、責任者をさせて作業効率を落とすようなマネをせず、スムーズに『温泉施設』を作り出すのが目的だ。

「というわけで、貴女達(あなたたち)はライト神様(しんさま)から直接ご下命くださった『温泉施設建設作業』の責任者を務めて頂きますわ」

『奈落』最下層の会議室。

席に座るエリーの前に二人の妖精メイドが立つ。

メア（妖精メイドギャル）、ヒフミ（オタクっぽい妖精メイド）だ。

彼女達はエリーから渡された資料を手にしながら、気合の入った声を上げる。

「ライト様が直接ご下命くださった施設建設にかかわれるなんて光栄です～」

「ま、ま、まさかこんな素晴らしい案件にか、かかわれるなんてウチ達にも、う、運が回ってきたね」

基本的に地上での作業は彼女達が美女、美少女過ぎて人種男性一部から邪な視線を向けられるためそこまで評判が良い仕事ではない。

とはいえライトから命令された施設作りや地上の建物責任者などは話が別である。

恩恵『無限ガチャ』カードから排出された彼女達だけあり、ライトを神の如く敬っている。

そんな彼からの命令が、彼女達にとってどれ程光栄なことか。

さらにエリーは真剣な顔つきで続ける。

「源泉を発見した貴女方だからお伝えしますが……温泉施設が完成した暁にはライト神様がわたくし達の疲労を癒すためにも『皆で一緒に入りたいね』と仰いましたの」

「「!?」」

二人の妖精メイドは大きな瞳をさらに驚愕で限界まで広げる。

「え、え、エリー様、それは本当に仰ったことなんですか⁉」

「もしエリー様でもライト様のお言葉を捏造したなら、あーし達は容赦しないっていうか～」

「失敬な。わたくしがライト神様のお言葉を捏造するようなマネするはずありませんわ。確かにライト神様はわたくしにそう仰ってくださったのです」

エリーの頭脳を以てすれば、ライトと出会ってから交わした全ての言葉を覚えておくことなど造作もない。

彼女は『皆で一緒に入りたいね』とライトが口にしたことを記憶――魂に刻み込んでいた。

彼女の言葉に、妖精メイド達の瞳が殺気すらともなうほど細まる。

「ライト様と一緒に温泉……なら早急に完成させるためにも人種達ではなく、あーし達や他の皆の手を借りて――」

「それは許されませんわ。ライト神様は、人種達の雇用を創造するためにも温泉施設建造をご指示してくださったのですから。ライト神様のお言葉をねじ曲げるなど絶対に許されることではありませんの」

「な、な、なら、『ひゃっはー！　手を休めるな！』と人種（ヒューマン）を睨（にら）む、鞭（むち）を振るって昼夜とわず、は、は、は、働かせるとか？」

「そんな酷（ひど）いことをしたらライト様が怒（おこ）るし～。もっと人種（ヒューマン）男性が喜んで作業するような……あーしらが、『頑張れ♪　頑張れ♪』とか媚（こ）びを売って応援（おうえん）すればきっと良いところを見せたくて必死に働くんじゃない？」

「そ、それだ！」

ギャル妖精メイドのアイデアに、オタクっぽい妖精メイドが喝采（かっさい）の声を上げた。

さらにエリーがアイデアを付け足す。

「素晴らしい意見ですわ。ではわたくしはさらに応援の意味を込めて労働者の皆様（みなさま）に補助魔術のバフをかけましょう。あくまで頑張る皆様を応援する気持ちが溢（あふ）れ出た結果ですから。結果として温泉施設が早急に完成しても仕方ないことですわ！」

ライト的には『人種（ヒューマン）に雇用を創造するために温泉施設を作る』のが目的だ。

エリーが魔術を使って一晩で作り上げるのは不味いが、人種（ヒューマン）の手で早く完成する分には曲解もしてないので問題はない筈である。

「天才！　エリー様、天才ですよ！」

「さ、さすがレベル九九九九、『禁忌（きんき）の魔女（まじょ）』！」

エリーは妖精メイド達に持ち上げられ、気分良さげに笑みを浮かべた。

そのまま気分良く、エリーが声を上げる。

「では早速、作業に入って頂きますわ！」

「お、お、お任せくださいエリー様！　う、ウチの身命に懸けて早急に温泉施設を作ってみせます！」

「ライト様と一緒に温泉～。楽しみってレベルじゃないし～」

エリー、妖精メイド×二人は心底やる気を見せつつ『温泉施設建設作業』に取り掛かった。


――約一ヶ月後。

妖精メイドの応援、エリーの身体能力を強化する補助魔術によって、人種のみで作ったとは思えないほどの短期間で『巨塔街』の一角に『巨塔温泉』が建設される。

翌日にオープンを迎えた『巨塔温泉』は、プレオープンという名目で、ライト達『奈落』最下層メンバーのみで温泉を楽しむことになった。

明日からは、『巨塔街』に住む人種達が使用する予定である。

「これがライト様の仰っていた温泉ですか……確かに普通のお湯より気持ちいい気がしま

すね」

「メイ様の仰る通り気持ちいいですね」

「ケケケケケケ！　個人的にはやっぱり風呂は苦手だな……。どうも体が濡れるのは慣れないんだよ……」

温泉にメイ、アイスヒート、メラが浸かりそれぞれの感想を漏らす。

今回、ライトが声をかけたことで風呂嫌いなメラも温泉に顔を出していた。

「（はふぅ）…………」

泉のように広いメインの湯船にメイ達が浸かっているのとは別に、果実を浮かべた小さな湯船にスズが気持ちよさそうに息を吐き出す。

果物が表面にびっしりと覆っているため彼女の下半身を確認することはできない。

「妹様、アオユキ！　こんなに広いんだから泳ごうぜ！」

「にゃ～……」

「えぇぇ、でもナズナお姉ちゃん、お風呂で泳いじゃ駄目なんだよ」

ナズナは広いお風呂にテンションが上がったらしく、キラキラとした表情で泳ぐことを提案。

アオユキはその提案を無視してゆっくり浸かり、年下のユメが嗜めることでナズナをおとなしくさせた。

他『奈落』最下層の女性メンバーが思い思いに温泉を楽しんでいる。

一方、開発責任者のエリー、妖精メイド達はというと……温泉に浸かりながら頭を抱えていた。

「た、確かにライト神様も温泉に入っていますが、男湯にだなんて……」

「あーしも男になりたい～」

「き、き、気持ちは凄い分かる。ウチも今だけは男になりたい……」

温泉が完成後、プレオープンということで時間を調整しライト含めて『奈落』最下層メンバー全員で温泉施設へと向かった。

その際、ライトは男性達を連れて、エリー達が止める暇もなく男湯へと迷わず移動してしまう。

まさか今更、ライトを女湯に連れていく訳にもいかない。

混浴スペースも作ったのだが、ライトから『混浴はさすがに不味くない？』と物言いが入って、現在使用は禁止されていた。

エリー達の予想ではライトが女湯へ一緒に入るか、最悪でも混浴で一緒に入れると考えていたのだが……。

頭を抱えていたエリーが諦めたように溜息を漏らす。

「……逆に考えましょう。ライト神様に楽しんで頂けるなら本望だと。たとえ一緒に入ると期待していたのに、実際は男女別だったとしてもですわ」

「で、で、ですね！」

「ライト様の楽しみがあーし達の喜びだし～」

このエリーの意見に妖精メイド×二人にも納得の声をあげた。

――ではライトは本当に楽しんでいるのか？

女湯の壁を挟んで反対側、男子湯では……。

「へっへっへ！　ライト様！　お背中を流しますよ！」

「リーダーといえど抜け駆けは許さないぜ！」

「そうだそうだ！　俺達もライト様の背中を洗うぜ！」

「ひゃっはー！　なら自分はライト様の髪を洗うぞ！」

「あははは、ありがとう。でも自分で洗えるから大丈夫だよ」

ライトは温泉で体を洗いつつ、モヒカン達の声を楽し気に受け流す。

そんな様子をフルフェイス兜を被ったまま温泉に入っているゴールドがツッコミを入れた。

「お主達、気持ちは分かるが折角の温泉なのだ。もう少し、ゆっくりと湯を楽しむべきではないのか。第一なぜ温泉にまでサングラスをかけているのだ?」

「いや、それを言ったらゴールドもなんでフルフェイスの兜を取らないんだ?」

同じく温泉に入っているジャックが、ゴールドにツッコミを入れた。

その様子をライトは心底楽しげに眺めていたのだった。

■番外編一一　温泉・シリカの場合

「温泉、気持ちいい～」

「本当に気持ちいいですねぇ」

『巨塔街（きょとうがい）』郊外（こうがい）に建設された新築の建物――巨塔温泉に、巨塔街で店を営んでいる少女シリカと、彼女と一緒に働いている従業員少女が足を運び、温泉を楽しんでいた。

彼女達が入浴しているのは、泉のように広い最も一般的（いっぱんてき）な温泉である。

シリカ達が入っている温泉の他にも、果実が浮かぶ湯、かけ湯、薬草湯などがある。

ちなみに奥（おく）の扉（とびら）を潜（くぐ）ると混浴もあった。しかし混浴は『巨塔の魔女』からの指示で使用禁止になっている。

（禁止にするなら、なんでわざわざ混浴を作ったんだろう？）

シリカはお湯を肩（かた）にかけつつ、胸中で疑問を抱（いだ）く。

その疑問の答えなど返ってくるはずもなく、代わりに現在シリカの店に住（す）み込（こ）みで働いてくれている従業員少女が喜びに溢れた声で告げる。

「シリカさん、お店が休みの日にわざわざ来てよかったですね。まさか温泉がこんなに気持ちいいなんて」

「だね。わたしもお父さん達や行商人の知り合いさんから聞いた話でしか知らなかったけど、昼間から大きなお風呂に入れる温泉がこんなに気持ちいいなんて知らなかったよ」

　シリカの亡(な)くなった両親は元々行商人だ。

　行商人には仲間同士の横の繋(つな)がりがあり、噂話(うわさばなし)、商売ネタ、危険情報などのやりとりをする。

　シリカは幼い頃(ころ)、その繋がりから色々話を聞くことができたのだ。

　その中に温泉についての話があった。

「ドワーフ王国にあるって話だったけど、まさかわたしがお貴族様のように温泉に入れるようになるなんて、ほんと信じられないよ」

「シリカさん、分かります。祖国を追放されたばかりのあたしがそんなことを言っても、絶対に信じませんよ」

　従業員少女は自虐(じぎゃく)というより、笑い話のタネにする口調で語った。

　従業員少女は、人種(ヒューマン)王国から他国の間者として働いていた者達の『親類縁者(えんじゃ)だから』と一緒に祖国を追い出された者達の一人である。

本家が他国の間者として人種王国の内部を探り、分家は一切その事実を知らなかったケースが多かった。

しかし人種王国女王に即位したリリスが、見せしめも兼ねて『外患罪として取り潰し、親類縁者含めて国外追放』するしかなく、結果的に従業員少女のような存在が生まれることになった。

そんなもらい事故のような不幸に巻き込まれた者達の多くが、『巨塔』に亡命してきたのだ。

彼女の笑い話のネタにシリカも乗っかる。

「祖国を追放されたのは、悲しいお話だけど……わたし的にはお店を一人で切り盛りする必要がなくなってすっごく助かっているけどね」

「あははは、あたしとしても男の人はちょっと苦手なので、シリカさんの下で働けて本当にありがたいですよ！」

現在、シリカが任されている店はこの二人によって切り盛りされていた。

過去、一度だけミキという少女が従業員少女のように働いていたが……現在、彼女の存在はなかったことにされている。

従業員少女が縁に背中を預けていた体を捻り、正面を向く。

体重が軽いせいで、ぷかりと少女のお尻が温泉の表面に浮かび上がる。

(ちょっとはしたないな……。でも女湯だしいいのかな?)

「でも、温泉施設ができたことでまた忙しくなりそうですね」

シリカが注意するかどうか迷っていると、少女のぼやきに意識を再度彼女へと向ける。

「忙しく? ……ああ、そうだね。温泉施設ができたから石鹸の需要が増えるね」

現在、彼女達の他にも『巨塔街』に住む女性達が温泉に入りに来ていた。

彼女達の手には当然、石鹸がある。

温泉施設で購入することもできるが、自分で使っているのを持って来ている者達も居るだろう。

そうすると当然、石鹸の需要が増えて、シリカ達が切り盛りするお店が繁盛、忙しくなると予想したらしい。

『でも』とシリカが補足する。

「石鹸を扱っているお店はわたし達の所だけじゃないから。そこまで気にする必要はないよ」

「そうなんですか?」

シリカの言葉通り、『巨塔街』にある店には必ず石鹸が置かれている。

値段も外の街で買うより半額、場所によっては三分の一程度だ。

ライトが病気予防のため、恩恵『無限ガチャ』から大量に『N　石鹸』を妖精メイド達の手で店に卸しているのだ。

お陰で『妖精メイド様石鹸』としてありがたがられ、男性もよく買っていく人気商品となっている。

「だから、心配するほど忙しくなることはまずないよ」

「へぇ～さすが商人の娘さんですね」

「あははは、商人の娘じゃなくて、行商人だよ」

シリカは褒められて、温泉の熱とは違った理由で頬を染めた。

実際、『巨塔街』の各店舗に石鹸が置かれているため、シリカの予想通り彼女達の店だけが忙しくなることはない。

（彼女が従業員として来てくれたお陰で、普段の作業も楽になったし。妖精メイド様達にも新たな従業員をお願いしているから、新しい子が入ったらさらに楽になるよぉ）

今まではシリカ一人で切り盛りしていたためきつかったが、現在は二人で営業している。

お陰で負担はぐっと減って、さらに従業員が追加されたら自分は帳簿をちょこちょこ弄っていればいいだけになるだろう。

そんな楽な未来が近付いていることを肌で感じた。

（二人になったお陰で追加人員を待つのも苦じゃないし、来たら一気にわたしの負担も減ってもっともっと楽になる。そしたら、休日も増やして、のんびりお茶を飲んで、お菓子をゆっくり食べる……そんなお貴族様のような生活がもうすぐ来ちゃうよ。これ、わたしの時代が来ちゃっている！　もう一人で四苦八苦しながらお店を切り盛りすることなんてないんだ！）

シリカが胸中で勝利を確信していると、隣に居る従業員少女が漏らす。

「でもちょっと残念ですね。忙しくなれば、もっとお店の売り上げを伸ばすことができたのに」

「うーん、どうだろう？　石鹸自体、あまり利益を追求した商品じゃないから。忙しくなってもお店の売り上げ、純利益はそこまで伸びないと思うよ」

シリカは完全に油断した頭で何も考えず思い付いた意見を述べる。

「もし今まで以上の利益を上げようとするなら、石鹸を売るんじゃなくて温泉を使って商品を開発した方がいいと思うな」

「温泉を使って？　でも、温泉って入るだけじゃないですか。もっと施設を増やすんですか？」

「違うよ。ドワーフ王国の温泉町だと『温泉』に入るだけじゃなくて、その温度や湯気で料理したり、温泉のお湯そのものを使って色々商品を作っているって、昔、行商人仲間の人から聞いたことがあるんだ。それを『巨塔街（きょとうがい）』の温泉でもやればいいんだよ」

「ほう、それは面白そうな案ですね」

「ちなみにどんな商品があるんですか？　作るのが難しかったりします？」

「ううん、そんなに難しくないらしいよ。温泉の中に卵を入れて茹（ゆ）でて『ゆで卵』を作ったり、温泉の湯気で野菜やお肉を蒸（む）し焼（や）きにしたり、後は温泉のお湯をそのまま詰（つ）めて販（はん）売（ばい）したりするの」

「し、シリカさん」

従業員少女がおどおどした態度でシリカを呼ぶ。

油断しきって、温泉に身を任せて目を閉じたシリカはその小声に気付かない。

疑問の声が上から降ってくる。

「温泉のお湯をそのまま販売ですか……。いくら何でも手抜（てぬ）きでは？」

「そんなことないよ。こうして温泉に入っているだけで体に良いんだよ？　つまり飲んだらもっと体にいいんだよ。もちろん、わたし達が入った温泉のお湯じゃなくて、綺（き）麗（れい）な物を売るんだよ？　そして温泉で作った『ゆで卵』や蒸し料理も、温泉の成分が食材に伝わって食べるだけで健康になるんだって。あくまで子供の頃、行商人仲間の人から聞いた噂(うわさ)だけどね」

「でも、わたし達だけじゃなくて人種(ヒューマン)の女性や子供でもできそうな仕事だよね。もしかしたら新しい雇用を生み出すことができるかも」

「えぇ～、雇用なんて。まるで妖精メイド様っていうか、魔女様が考えないといけないことを言うん――!?」

ようやくシリカは気づく。

目を開けて、声が聞こえてくる方へ視線を向けると……見た目はとんでもない美少女だが、そのせいか逆に個性が薄(うす)くなっている美少女のプリメ、眼鏡を掛(か)けた生真面目(きまじめ)そうな妖精メイドのデュエが彼女を見下ろしていたのだ。

先程(さきほど)までの会話は全て、シリカを見下ろす妖精メイド達とのものだ。

シリカはそうとは気づかずずっと話をしていたのである。

妖精メイド達も今日は休日で、ライトが入った温泉に浸かるためわざわざ地上へと出向いたのだ。

プレオープン日にライトと同じ時間に入れたのは一部の妖精メイド達だけ。

他の妖精メイド達まで順番に入った場合、いつまでも『巨塔街(きょとうがい)』住人達が入浴する順番は回ってこない。

　それでは本末転倒のため、功労があった妖精メイド達を優先してプレオープンに招待したのである。

　シリカは温泉に浸かって掻いた汗とは別の——冷や汗を全身に浮かべる。

　妖精メイドの美しい肢体。

　女性でもその裸体に釘付けになりそうだが、シリカは焦っていたため反応すらせず、湯から急ぎ立ち上がり頭を下げる。

「も、申し訳ございません！　妖精メイド様達とは気付かず、失礼な口をお利きしてしまって！　ご容赦くださいませ！」

『巨塔街』住人達にとって、妖精メイドは比喩抜きで『神の遣い』である。

『巨塔街』を保護する『巨塔の魔女』が遣わしているのだ。

『神の遣い』扱いされるのは必然である。

　そんな相手にシリカは気付かなかったとはいえ、気安く会話していたのだ。

　他の客達、従業員少女が青ざめた表情で注目してしまうが、妖精メイド達側は一切気分を害していない。

　むしろ、宝物を見つけたかのようにシリカを見つめていた。

「全然怒っていないから気にしないで。むしろ、貴女の知識は非常に貴重なものだよ！」

「ですね。未だ『巨塔街』には、皆が満足するほどの雇用がありません。貴女の案が採用されれば新しい需要と雇用が生まれます。怒ることなど何もありませんよ」

プリメ、デュエが手放しで褒めた。

褒められているがシリカは安堵より、胃が痛くなる思いだった。

彼女達は笑顔で続ける。

「善は急げって言うことで、今から魔女様に貴女の案をお伝えしたいから、お時間いいかな？」

「これで功績を立てることができれば、メア、ヒフミのように、もしかしたらライト様に褒めて頂けるかもしれませんよ！」

「本当だよ！　もうこれで部屋にいる間、あの二人にマウントをとられることもなくなるね！」

「うっぷ……ッ！」

妖精メイド達の発言に今度こそシリカは胃の痛みを覚えた。

内容から自分はこれからこの街のトップ、『巨塔の魔女』と顔を合わせて先程の案を直接伝えなければならないらしい。

想像しただけで胃がキリキリと痛む。

しかし普段からお世話になっている妖精メイド達を拒絶する選択肢などあるはずがない。

プリメが眩しい笑顔で告げる。

「それじゃちょっとわたし達に付いてきてくれるかな？　もちろん、今日の温泉代は持つし、お礼もするから安心してね」

「では、先に戻って『巨塔の魔女』様への先触れをして来ますね」

デュエがシリカの返事も聞かず、さっさと出入口へと向かう。

その歩き方は速いにもかかわらず非常に優雅だった。

また彼女が先触れに出てしまったことで『お断りする』ことが事実上不可能になった。

シリカはこれから『巨塔』のトップである『巨塔の魔女』と顔を合わせ、温泉商品について突発的だがプレゼンすることになる。

「…………」

シリカが助けを求めるように従業員少女へ視線を向けるが……彼女自身、何もできるはずがない。

他の野次馬達に視線を向けるが、誰も彼もが視線を逸らした。

「それじゃ『巨塔の魔女』様の所に案内するね。魔女様は気さくなお方だし、さっきのお話を伝えるだけだから、怖くないよ」

「わ、わかりました……よろしく、お願い致します……」

シリカはなんとかそれだけを口にすることができた。

いくら妖精メイドが『魔女様は気さくなお方だし～』と口にしてもシリカは元奴隷の一般人である。

本気で気軽な態度を取ることなどできるはずがない。

『撤退する道はない。繰り返す。撤退は許されない』状態だ。

こうしてシリカは売られていく仔牛の如く、プリメの後に続き温泉出入り口へと歩き出すのだった。

☆　☆　☆

「そんなに怖がらなくても大丈夫だよ。『巨塔の魔女』様はお優しいお方だから」

「……わ、分かりました」

見た目はとんでもない美少女だが、そのせいか逆に個性が薄くなっている妖精メイドのプリメに連れられて、シリカは『巨塔』へと足を踏み入れる。

（どうしてこんなことに……）

シリカは内心で頭を抱えていた。

自身が営んでいる店が休みだったため、従業員少女と一緒にできたばかりの巨塔温泉へと足を伸ばした。

温泉は非常に気持ちが良く、日頃の疲れが溶けて消えてしまいそうなほどだ。

その気持ちよさを味わいつつ、従業員少女と雑談していた。

シリカは妖精メイド達の存在に気付かず、ぺらぺらと自身の知識を話す。

妖精メイド達曰く、『その知識が新しい雇用を生み出すため、魔女様に是非伝えて欲しい』と言われた。

現在、『巨塔街』は人口が増加し、仕事が足りない状況だ。

あまりに急に人口が増えたためである。

一応、『巨塔』側が街拡張のための公共事業を起こし、なんとか受け入れている状態だ。

力がある男性ならそれでいいが、女子供を受け入れる仕事が足りていない。

そこでシリカの話を耳にした妖精メイド達が、『巨塔の魔女』に『女子供でもできる新しい雇用を生み出せるかもしれない』と思い、その説明のためにシリカは『巨塔の魔女』の下へ向かうことになったのだ。

（ううぅ……お腹が痛くなってきたよ……）

『巨塔街』住人達にとって、妖精メイドはまさに『神の遣い』である。

自分達を救った存在から遣わされているからだ。

だが、シリカはこれからその上、『神の遣い』を遣わしている神そのもの、『巨塔の魔女』に合って話をしなければならないのである。

元奴隷で、解放後も一般市民として生活しているシリカが緊張感からお腹が痛くなるのは当然だ。

プリメの案内で、シリカ達でも入ったことがある『巨塔』一階を過ぎて、階段を上がって二階以上を目指す。

（二階以上に上がってミキちゃんは戻ってこなかったんだよね……）

一時一緒に暮らしていたミキの顔を思い出す。

彼女も二階以上に上がって、二度と戻ってこなかった。

それどころか居ない者扱いされているほどだ。

ミキのことを思い出し、シリカは一層緊張感を抱く。

プリメに連れられ、そのまま三階、応接室へと連れて行かれる。

プリメが扉をノックして中に入ると——先触れとして出たデュエがメイド服姿で給仕を

務めていた。

そして、その給仕が向かう相手——フードを頭からすっぽり被った『巨塔』のトップ、『巨塔の魔女』がソファーに座って、部屋に入ってきたシリカに気付き視線を向ける。

それだけでシリカの胃がより一層痛む。

（ま、まさか『巨塔の魔女』様と部屋でお話することになるなんて……ッ）

一応、人種（ヒューマン）王国第一王子クロー、第一王女リリスが『巨塔』視察に赴（おもむ）いた際、案内中の魔女に声をかけられた経験はある。

あくまで『一村人』として声をかけられただけだ。

こうして部屋で、注目を向けられて話をした経験などない。

『巨塔の魔女』は、艶（あで）やかで極楽の音楽のような声でシリカへと話しかける。

「貴女が温泉について、新しい雇用を生み出す案がある少女ですわね。彼女から聞きましたが非常に素晴らしい案だと。是非、わたくしにも聞かせてくださいですわ」

「は、は、はい！　わ、わたしでよろしければ！」

「あらあら、そんな緊張しなくてもいいのですわよ。でも、突然（とつぜん）呼びだして連れてこられたら、そうなってしまうのも仕方ないですわよね。お話を聞く前に、少しお茶を飲んで気分を落ち着けましょうか。どうぞ、そちらへ」

『巨塔の魔女』は自分の正面に置かれたソファーへ促す。

『いえ、さっさと案を口にして帰りたいので』なんて言えるはずもなく、シリカは大人しく従う。

相手は口調こそ優しげな女性のものだが、『巨塔の魔女』はエルフ女王国を陥落させ、獣人種を虐殺、各国を出し抜きリリスを人種女王に押し上げた人物である。

シリカのような一少女に『緊張するな』という方が無理な話だ。

「特製のお茶菓子も用意させますわ。姿勢を楽にして、楽しんでくださいな」

『魔女様の前で姿勢を崩すことなんてできる訳ないでしょ』とは言えない。

シリカは精神を絞りつくし、笑顔を作る。

「ありがとうございます！　お、お茶菓子楽しみです！」

――その後、お茶、お菓子をシリカは口にするが緊張し過ぎて味が分からなかった。

それでも『美味しい』を繰り返し、お茶菓子を平らげた。

胃がしくしく痛むのを気合と茶で流し込む。

新しいお茶菓子が追加された所で、『巨塔の魔女』から促されて温泉で話した商売アイデアをようやく口にする。

「……なるほど、確かに新しい雇用が作れそうですわね。しかも力のない女性や子供でもできそうですわ」

『巨塔の魔女』は一通り話を聞き終えて、興味深そうに何度も頷(うなず)く。

「ですが、『温泉のお湯、湯気で料理する』は理解できますが、湧(わ)き出た温泉をただ詰めて売るというのが気になりますわね。極論、お湯が冷めてしまったら、ただの水でしかありませんから」

「よ、妖精(ようせい)メイド様達にもお伝えしましたが、ただのお湯を売るのではなく、入るだけで健康に良い温泉のお湯を詰めて売るのです。入るだけで健康になるお湯を、直接飲むのは体に良いらしく、健康飲料として販売できるかと。もちろん、人が入ったお湯を売るのではなく、ちゃんと綺麗なのを売るべきですが」

「なるほど……健康飲料ですか。面白(おもしろ)い発想ですわね」

『巨塔の魔女』はシリカの話に納得した。

「温泉町があるドワーフ王国に詳細(しょうさい)を聞いてみるのもありですわね……」

『巨塔の魔女』が暫(しば)し黙(だま)り込み、明晰(めいせき)な頭脳を高速で動かし、思案し出す。

その時間は数秒だが、『巨塔の魔女』的には非常に有益な話だったらしい。

顔はフードを被っているため確認(かくにん)できないが、声の調子が非常に明るくなる。

「貴女のお話は非常にためになりましたわ。力の弱い女性、子供の雇用を作り出す一助になりますの。今回のお話のお礼に褒美を後ほど贈らせて頂きますわ」

「お、お役に立てたのならさ、幸いです！」

『巨塔の魔女』の言葉に、シリカは返事をした。

色々胃が痛くなる展開が多かったが、話は終わった。

お陰で少しだけ胃の痛みが消えた気がする。

『巨塔の魔女』の口元が緩む。

シリカはその瞬間、背筋に冷たい予感を覚える。

「改めてお名前を伺っても宜しいかしら？」

「し、シリカ、と申します……」

「シリカさんですわね。覚えておきますわ。今後また何か案がありましたら、妖精メイドに声をかけてくださいまし。もし有用であれば採用し、しっかりとお礼の方も致しますので」

「あ、ありがとうございます」

『巨塔の魔女』エリーはあくまで善意で、『シリカの名前を覚える』と口にしたのだ。

嫌がらせではない。

とはいえシリカからすれば相手の『巨塔の魔女』はとてつもない力を持つ、文字通り天上人である。

自分の名前を覚えておくという発言自体で、プレッシャーでお腹が痛くなってしまう。

こうして元奴隷で、現在は小さな店を切り盛りするだけのシリカは、『巨塔の魔女』に名前を覚えられてしまったのだった。

■番外編一二　時計屋

「あたいはさいきょーだからな！　ご主人様からも、『ナズナは強いから自分が居ない間はみんなを守って欲しい』って頼まれちゃうぐらいさいきょーだからさー！」

「凄いねナズナお姉ちゃん。ならにーちゃんより強いの？」

「妹様、確かにあたいは強いけど、さすがにご主人様ほどではないよ。ご主人様はさいきょーのあたいよりさいきょーだから。つまりご主人様がちょーさいきょーな訳だよ！」

「…………」

『奈落』最下層の廊下。

若干、頭の悪い会話をしながらナズナとユメ、その背後を今日の側使い妖精メイドが静かに歩く。

ナズナはライトの妹ユメに対して、小学生男子が女子に対して自慢するように、以前ライトに頼まれた台詞を口にしていた。

正確には……ナズナは『奈落』最下層最強だが、冒険者として連れて行くには強過ぎる上に臨機応変な状況を求められる現場には向かず、ダンジョンや『奈落』最下層の内部で他に割り振る仕事がなかった。

だがメイ達ばかりに仕事を振って、ナズナにはなしという訳にはいかない。

なによりライトは彼女の無邪気な明るさを、『ムードメーカー』として評価していた。

その明るさを曇らせるマネをする訳にはいかず、捻り出した答えが『自分の居ない間、万が一に備えて皆を守っていて欲しい』だった。

ナズナはライトの言葉を真に受けて、ユメに対して自慢気に語っているのだ。

当然、ユメはライト側の意図に気付いており、わざわざ訂正する意味もないため空気を読みナズナへ笑顔で返答する。

その辺りの空気を読む力も、人種王国メイド見習い時代に身に付けた技術だ。

背後に控える妖精メイドがユメの大人な対応に無言で称賛を送る。

また実際、ナズナがライトを除いて『奈落』最下層で最強なのは間違いないのだから、わざわざ細かい点について訂正する必要もない。

『ぴよぴよ。ぴよぴよ。ぴよぴよ』

廊下の一角に設置された置き時計が、時間を告げた。

その際、時計の天辺から黄色に塗られたヒヨコが鐘の音に合わせて前後に動く。

この置き時計もライトの恩恵『無限ガチャ』カードから出た物だ。

『奈落』最下層は当然地下にある。

故に地上と違って、『太陽の傾き』によって時間を計ることができない。

代わりに『無限ガチャ』カードから出た『時計』というアイテムを利用することで、その問題を解決しているのだ。

むしろ、『太陽の傾き』より正確に時間を確認でき、より効率的に仕事をこなすことができるようになったのは嬉しい誤算だ。

今では『奈落』最下層にはなくてはならない品物の一つとなっている。

——ただし問題がゼロとはいかないが。

ユメが可愛らしい黄色いヒヨコが時計の扉から出て前後する動きに、声を上げる。

「ひよこさんだ！　ほら見てひよこさんが鳴いているよ。可愛いね、ナズナお姉ちゃん
——ナズナお姉ちゃん？」

ユメ自身、何度か時計からヒヨコが出るのを見たことがあった。

何度見てもその動きは可愛らしい。

初めてその現場を一緒に目にしたナズナへ、同意を求めるため振り返ったが……。

ナズナは怯えた様子で時計へ近付こうとしない。

ユメは思わず首を捻る。

「どうしたのナズナお姉ちゃん？　もしかしてひよこさん嫌いなの？」

「ち、違うぞ、妹様。あたいもあの可愛い動きと鳴き声をするヒヨコは大好きだ。で、でも……」

ナズナが緊張感から喉を鳴らす。

「妹様も『奈落』最下層で暮らす上で色々ルールがあることを教えられただろ？　その一つに『無闇に時計に触らない、弄らない、壊さない』ってあるのを覚えているか？」

「もちろん、覚えているけど……」

「そのルールはご主人様でも破ることができないんだ。けど、あたいは以前、そのルールを誤って破っちゃって滅茶苦茶酷い目にあったんだよ……」

「にーちゃんでも破れないルール？　しかも、ここで一番強いナズナお姉ちゃんが酷い目にあったの？」

その事実にユメが驚きの表情を作った。

「あれは妹様がまだ来る前のことだった……」

ナズナは真剣な表情そのもので語り出した。

「あの日も、ヒヨコが『ぴよぴよ』鳴いていて可愛かった。だからあたいは、もっと近くで見ようと思って、『ぴよぴよ』出てくる小鳥を掴んで確認しようとしたら……」

「したら？」

ユメが小首を傾げて問うた。

ナズナが緊張した面持ちで告げる。

「力が入っちゃって『ぴよぴよ』動くバネ部分を壊しちゃって……。そしたら、あいつがいつの間にか側にいてあたいを問答無用で殴ってきたんだよ」

ナズナは自分自身を抱きしめ震えた。

「あたいはさいきょーで、『奈落』最下層に居るみんなを守らないとだけど……あいつだけは苦手なんだ」

「……吾人も時計に『触るな』と念押し四たにもかかわらず、触った上に壊すお馬鹿三は苦手なんですがね」

「うぎゃ！」

突然、背後から声をかけられ、ナズナが驚きで声をあげた。

振り返るとナズナが『苦手』と口にしていた人物が立っていた。

身長は高く一八〇㎝。細身、スーツに袖を通し、革製の手袋を嵌め、工具がつまった金属製の箱を手にしている。

もっとも目を引くのは顔だ。

時計の文字盤がそのまま顔になっているのだ。

秒針、短針、長針がこつこつと規則的に動いている。

彼こそ『奈落』最下層に置かれている時計のメンテ維持、清掃、調整等をおこなう時計専門家『ＳＳＲ　時計屋　レベル一〇五二』だ。

顔が文字盤なのにどうやって声を発しているのかは不明である。

苦手な相手が突然顔を出したため、ナズナがユメの影に隠れて威嚇する。

「で、出たな時計屋！」

「出るも何も、そろそろこちらのヒヨコ時計のメンテナンスをする時間なのですから。吾人が顔を出すのは必然に決まって一るではありませんか」

時計屋が肩をすくめて呆れた。

彼は台詞の言葉を数字に置き換える癖がある。

なのでやや特徴的な話し方をする。

他にも癖――というより悪癖があった。

時計屋がナズナから、ユメに顔を向け直す。

「ユメ様もそこのお馬鹿のように決して時計には触れないようお願い四ます。時計は精密な器械。下手に触ると壊れてしまう可能性もあるので。是非、お気を付けてくださいませ」

時計屋の悪癖は『自分以外が時計に触るのを嫌うこと』だ。

たとえ相手がライトでも触るのを嫌う。

なので『奈落』最下層に設置された時計は基本、時計屋が毎日清掃、点検、遅れがないかの確認と時間合わせなどをおこなっている。

彼の顔部分の時計は必ず正確な時間を刻んでいるので、それと見比べて一／一〇〇〇秒単位できっちりと時間を合わせていく。

時計というのは、小さな部品で構成されている精密器械だ。部品は金属で構成されていて、温度変化によって膨張収縮し狂いや故障の元となるし、磁気の影響なども受ける。当然衝撃や振動にも弱い。湿度の変化も当然影響する。ゼンマイを適度に巻く必要があるのは当然として、数ヶ月に一度は分解し、油をさして摩耗している部品を交換する必要もある。

そんな精密機器のメンテナンスを、彼は一手に引き受けている。それは、この『奈落』の皆のスケジュール、秩序の一旦を担っていると言ってもいい。

大切で繊細さが求められる仕事だが……その分彼の性格も細かく、時計に触れた程度では不機嫌になるぐらいだが、壊すとぶち切れて『奈落』最下層最強のナズナでさえためらいなくぶん殴る神経質な性格の持ち主である。

故にナズナとはやや相性が悪いようで、彼女は時計屋を苦手にしていた。

ナズナはユメの背後に隠れつつ、怒声を返す。

「あたいは馬鹿じゃねぇ！　馬鹿って言った方が馬鹿なんだぞ！　この時計馬鹿！」

「時計馬鹿。褒め言葉ですね。ナズナ様も以前、釘を刺したようにもう二度と時計にはお手を触れないように。お忘れな九」

「分かっているよ、時計馬鹿！　用がないならさっさと通り過ぎろ！」

「いえいえ、先程も言った通り、吾人はヒヨコ時計のチェックがありま四ので」

時計屋は自身より圧倒的レベルが高いナズナを相手に、一切の揺るぎなく職務を敢行し出す。

手にもった金属箱を床に置き、蓋を開き道具を手に作業を開始。

そのマイペースな態度にナズナは不機嫌そうに唇を尖らせ、ユメの手を取る。

「だったらあたい達が行くだけだ。行こう妹様！　こんな奴の側に居たら、またひどい目にあうかもしれないし、邪魔したら怒られるからな！」

「う、うん、分かったよナズナちゃん。時計屋さんもごめんね、またね」

「いえいえ、お気遣い七くユメ様」

ユメはナズナの態度を謝りつつ、引っ張られ移動するのに抵抗しない。

時計屋も彼女の態度など一切気にせず、時計のチェックに勤しむ。

その態度に一切の動揺はない。

（村や人種王国でもだけど、ここにも色んな人がいて、色んな人間関係があるなぁ）

ユメはナズナに手を引かれつつ、思わず過去を振り返り、胸中で感想を抱く。

『三人寄れば派閥ができる』というが……『奈落』最下層でも様々な人間模様があることをユメは改めて実感したのだった。

■あとがき

本作『信じていた仲間達にダンジョン奥地で殺されかけたがギフト『無限ガチャ』でレベル９９９９の仲間達を手に入れて元パーティーメンバーと世界に復讐＆『ざまぁ！』します！』の一二巻をお読み下さって、またお手に取ってくださって誠にありがとうございます、明鏡シスイです。

前巻でも書かせて頂きましたが、皆様の応援のお陰で『無限ガチャ』アニメ化企画進行中です！　あれから時間が経ち、お伝えできる情報が増えました。

その情報とは……『無限ガチャ』アニメが、『二〇二五年秋放送開始予定』となっております。本当に楽しみですよ！　また公式のXアカウントが既に開設！　アニメ公式ＨＰも開設されました。

さらに『無限ガチャ』アニメＰＶが、四月一七日（木）に公開されました！　皆様はもうチェックして頂けたでしょうか？

もしまだという方は是非チェックして頂けると嬉しいです。

では、いつも通り謝辞を！

ｔｅｆ様！　今回は新規キャラクターが多かったにもかかわらず、素晴らしいキャラデザ、イラストを描いて頂きありがとうございます！　そんな新規キャラクター達が、今回の一二巻表紙を飾っておりますが、本当に素晴らしいです！　今回の一二巻だけではなく、毎巻素晴らしい表紙＆イラストを描いて下さいまして本当にありがとうございます！

ＨＪノベルス編集部様！　今回も色々フォローしてくださり誠にありがとうございます。またアニメにかんして色々対応してくださり、ありがとうございます！　これからもご迷惑をおかけするとは思いますが何卒よろしくお願いします。

毎週火曜日『マガポケ』様にて『無限ガチャ』コミカライズを素晴らしい画力と演出力で描いてくださっている大前様、講談社編集部様！　現在、小説でも人気のあるキャラクターである魔人国側『マスター』ミキが登場中！　大前様のお陰でコミカライズに登場したミキがより一層、生き生きと活躍しているのを実感しております。ミキファンでまだ『無限ガチャ』コミカライズをチェックしていない方は、この機会に是非！

最後に読者の皆様！　今回はついに元『種族の集い』パーティーメンバーであるサントルへの復讐をするための序曲となるお話、またいつもの妖精メイド達の名前がついに明かされたりなど、個人的にも書いていて楽しかったです！　皆様にも少しでも楽しんで頂けたら幸いです。

そして改めて、皆様の応援のお陰で明鏡自身、長年の夢だったアニメ化が現在進行中です！　ここまでこれたのも本当に皆様のお陰だと考えております。改めお礼を言わせてください。本当にありがとうございます！

このご恩に少しでも報いるため、『無限ガチャ』をさらに面白くなるよう、背一杯の努力と共に最後まで書き続けていきたいと考えております。なのでどうか最後までお付き合いくださると嬉しいです！

P.S.　前巻同様に、書籍を購入して頂いた方だけが読める特典短編小説を書かせて頂きました。こちらの短編小説を読む手順は――明鏡シスイの『小説家になろう』活動報告（二一五年四月）をチェックして頂ければと思います。パスは『urusilyu』になります。

Anytime I can!
いつでも自宅に帰れる俺は、異世界で行商人をはじめました
霜月緋色 著
Hiro shimotsuki
ill. いわさきたかし
①～⑩巻 好評発売中!
⑪巻 2025年春 発売予定!

「小説家になろう」
四半期
第1位
異世界転生・転移
ファンタジー部門
（2019年8月19日時点）
いつでも自宅に帰れる俺は、異世界で行商人をはじめました
vol.1
明地 雫
霜月緋色
いわさきたかし
コミック単行本
①～⑤巻 好評発売中!!
漫画：明地 雫
原作：霜月緋色
キャラクター原案：いわさきたかし

コミカライズも連載中の
スナイパー英雄譚！
著／かたなかじ
イラスト／赤井てら
漫画：瀬菜モナコ
原作：かたなかじ　キャラクター原案：赤井てら
発売中!!

魔眼と弾丸を使って
異世界をぶち抜く!
1〜20巻 好評

可愛すぎる激レア従魔と
楽しく冒険&無双！
コミック版
コミックファイアにて
大好評連載中!!
漫画：春夏冬 唯人

HJ NOVELS
HJN56-12

信じていた仲間達にダンジョン奥地で殺されかけたが
ギフト『無限ガチャ』でレベル9999の仲間達を手に入れて
元パーティーメンバーと世界に復讐&『ざまぁ!』します!12

2025年4月19日　初版発行

著者——明鏡シスイ

発行者—松下大介
発行所—株式会社ホビージャパン
〒151-0053
東京都渋谷区代々木2-15-8
電話　03(5304)7604（編集）
　　　03(5304)9112（営業）

印刷所——大日本印刷株式会社

装丁——木村デザイン・ラボ／株式会社エストール

ISBN978-4-7986-3815-7　C0076

ファンレター、作品のご感想お待ちしております

〒151−0053　東京都渋谷区代々木2−15−8
(株)ホビージャパン HJノベルス編集部 気付
明鏡シスイ 先生／ tef 先生